富士見二丁目交響楽団
シリーズ

クラシカル・ロンド

Koh Akizuki

秋月こお

クラシカル・ロンド

富士見二丁目交響楽団シリーズ

Classical Rondo

目次

イラスト：後藤星　装丁：末沢瑛一

天国の門

Heaven's Gate

ベルリン市シェーネベルクの下宿に父からの国際電報が届いたのは、日本を出てから二度目の正月が過ぎ、雪の多い極寒の日々が続いていた二月十七日だった。

朝帰りした部屋のドアにはさんであった電報の内容は、

『祖父入院す、帰国されたし。連絡乞《こ》う』

ベルリンでの勉強は先が見えたので、ロンドンに移る準備を始めていたところで、ある意味タイミングのいい招請だったが、たとえこれが念願かなったベルリン・ドイツ・オペラ座での研修の最中だったとしても、もちろん僕は即刻帰国の途についただろう。

祖父の堯宗《たかむね》は僕にとって、留学生活の頼りとするスポンサーであるという以上に、親族の中で唯一僕を理解してくれる支援者であるからだ。

その場で成城《せいじょう》の家に電話をかけた。伊沢《いざわ》が出てくれることを期待したのだが、電話を取ったのはハツだった。

《まあああ、圭《けい》ぼっちゃま！　お久しぶりでございますう〜》

ハツは僕の声を聞き取るや、涙声でそう叫び、僕から電話も手紙も来ないので《大だんな様や奥様がどんなにおさびしく思っておられたか》を、彼女独特のくどくどした繰り言調でひとしきりしゃべりたてた。
それからやっと、用件があっての電話であろうことに気づいて聞いてきた。
《奥様でよろしゅうございますか？　だんな様はお出かけでございますので》
「伊沢はいませんか」
と返すと、不在だという。
「では母上でけっこうです。父からお祖父《じい》様が入院されたという電報が来たので、詳細が知りたいだけですから」
《あ～あ、さようでございますか、だんな様が電報をお打ちに！　まあまあまあ、それはようございました。ええ、ええ、先週のうちにご入院なさいまして》
母に取り次がれる前に用件は済んでしまいそうなので、そのまま話を続けることにした。
「病名は何なのです？　病状は？」
《それが坊ちゃま、お風邪をこじらせなすって肺炎を起こされましてねェ。伊沢がついていながら、いったいどういうお世話をしていたのかと、奥様もたいそうご立腹で》
「ただの肺炎なのですか？　肺ガンなどではなく？」
《わたくしは肺炎というふうにうかがっておりますですが、救急車で入院なさいましてから今日で十日になりますし、まだご退院のメドはつかないようでございますし》
ハツは思わせぶりに口を濁し、僕はそうした重大事の連絡がいまごろ届いたことに腹立たしさを覚えながら言った。

「わかりました。ともかく今日の便でそちらに向かう旨を、母に伝えておいてください」

それが電話を切る予告であることはハツにもわかり、おろおろと返してきた。

《はい、いえ、ただいますぐ奥様にお替わりいたしますので》

「いえ、けっこうです。お祖父様の入院先は？」

虎ノ門《とらのもん》病院と聞き取ったところで、「ありがとう」と電話を切った。

ハツは祖母のお付きの女中として桐院《とういん》家にやって来た人で、祖母は亡くなり七十を過ぎた今もわが家の家政婦を務めている。僕のことを「ぼっちゃま」と呼ぶハツの情愛というのは、歌舞伎の『先代萩《はぎ》』のヒロインである乳母・政岡《まさおか》がわが子千松《せんまつ》を犠牲にすることで見せるような、『主家大事』という時代後れの価値観による溺愛《できあい》であり、うっとうしいことこの上ない。

また祖母の権威をかさにきていた習慣が抜けずに、使用人である身を忘れたふるまいをする。執事を務める伊沢なら、けっしてやらない僭越《せんえつ》である。

それにしても、電話番号を知らせていなかったというこちらの落ち度はあるものの、お祖父様が入院してから十日ものあいだ、誰も僕への連絡は考えなかったのか？　伊沢さえ？　それとも伊沢はお祖父様に付ききりで、僕に連絡を取る余裕もない状態なのか？

電報には『危篤』とは書いていなかったし、ハツの話からは重篤であるとも取れなかったが……わからない。お祖父様もお歳だし、お祖父様や伊沢に関することではハツは故意に情報を曲げないとも限らないし……

千々に乱れる心は、喉《のど》から手が出る思いで安否の結論を得たがっていたが、もとよりどうした判断も持ちようがなく、（ともかく帰ろう）と思うしかなかった。

飛行機のチケットを手に入れなくてはならないし、荷造りもしなくてはならない。時刻は八時過ぎ……チケットビューローはまだ開いていないか？　だが空港で半日過ごすのは不毛だ。この時間でも航空券が手に入る方法はないか、事情通に聞いてみよう。

置いた受話器を取り直して、さっき別れてきたばかりのヘルマンに電話した。

《Ollenhauer（はい、オレンハウアー）》

という二度寝していたらしい寝ぼけ声に、

『ヒア　シュプリヒト　圭（こちら圭です）』

と答えると、ヘルマンは俄然《がぜん》目を覚ました声に変わった。

《やあ、何か忘れ物？》

『急に帰国することになりまして、至急、航空券を入手したいのですが。この時間に開いている窓口の心当たりはありますか』

《空港のカウンターならもうやってるよ。電話で予約ができる》

たしかに。僕としたことがあわてていたようだ。

《いつの便？》

『今日中に発ちたいのですが、いまから荷造りをするところです』

《そりゃまた急だ。家族に何かあったのかな？》

『ええ、祖父が倒れたとのことで』

《きみのスポンサーの？　わかった。チケットは僕が手配してあげよう》

『ありがとう。感謝します』

《僕も同行してあげようか？》

　との申し出は、半分は冗談だが本気混じりでもあったので、

『気持ちだけいただきます』

と返した。ヘルマン・オレンハウアーとのつき合いはかれこれ三ヶ月ほど続いているが、僕にとってはしょせんセックスフレンドである。

　スーツケースに衣類を詰め込んでいたあいだに、状況を考えると今月中に戻ってこられる可能性はかなり低いことに思い至った。また来月早々にはここを引き払う予定で、すでに家主との話も済んでいる。

　この際、退去を繰り上げてしまおうと決断し、スコアその他も荷造りにかかった。お祖父様の病状によっては何ヶ月か日本にいることになるかもしれず、ならばスコアは手元に置きたい。

　調度類はすべて備え付けの物を使っていたので、持ち帰るのは、こちらで手に入れた楽譜類や書籍、少々の趣味品と衣類といったところだ。それらをウィーンで買った二つの革トランク

に詰め込んでみたところ、スコアと本が増えたせいで、服の大部分は入りきらないことを発見した。処分しよう。

荷造りをあらかた済ませたところで、一階に住んでいる家主のハーグ夫人を訪ねた。

『ええ、電報が来たのは知っていますよ。昨日の夜、私が受け取って、あなたの部屋のドアに差し込んだんですから』

僕がしばしば朝帰りすることを日ごろから苦々しく思っている夫人は、大事な知らせを受け取るのが遅くなったのは自業自得だといった意味の苦言を続けたが、急ながら退去を今日に早める旨を伝えると、太った顔を心配そうに曇らせて尋ねてきた。

『では電報は、ご家族についてのよくない知らせだったのね？ ああ、どうかあなたとご家族に神のご加護がありますように』

夫人はビヤ樽《だる》のような胸に僕を抱きしめて頬にキスをし、それから、先払いした分の家賃を日割り計算で返金するからしばらく待つようにと言って部屋に入っていった。

彼女の計算作業は時間がかかるので、僕も部屋に戻った。

あれから一時間たつがヘルマンからの電話はまだ来ない。こちらから再度かけてみるべきかと思っていたところへ、本人がやって来た。

いかにも生粋《きっすい》の北ドイツ人らしい金髪碧眼《へきがん》の持ち主で、顔だちもベルリンでのつき合いの中では群を抜いて端整な芸術大学講師は、まずは僕をしっかりと抱きしめて昨夜の余韻に浸ってから言った。

『フランクフルトを午後三時に発つ便が取れたけど、それでよかったかな？　ナリタへの到着時刻は現地時間の午前十時だ』

日本への便はミュンヘンかフランクフルト発で、フランクフルト発のほうが多い。国内線で一時間十五分ほどのフライトだ。

『テーゲル空港は何時発ですか？』

『十時三十分発だ。空港まで送るよ』

『ありがとう』

『これがチケットの予約番号だ』

メモを受け取ったところで、服は要らないかと言ってみた。

『トランクに入りきらないぶんは、教会にでも寄付してもらうよう置いていくのですが、趣味に合う物があればもらって欲しい』

『ここは引き払うのかい？』

ヘルマンはこの世の終わりに直面したかのような悲痛な表情を作り、そうだという僕の返事に、いまにもその場に膝《ひざ》をつきそうな落胆ぶりをしめした。

『うすうすそんな気はしたので、そうならないように愛の女神に祈っていたのに』

『来月にはロンドンに移る予定でしたから、ほんの二週間ほど早まっただけです』

慰めのつもりで言ったところが、

『聞いてない！』

と叫ばれた。

『聞いてなかったぞ、僕は！』

『昨夜はその話をする予定だったのですが、きみの顔を見たら、別れのことなど言い出せなくなりまして』

とごまかした。

もちろんヘルマンは顔色を変え、口から泡を飛ばす勢いで言ってきた。

『別れだって!? 冗談じゃない！ たとえきみがシベリアの奥地に移り住もうが、僕には切れる気なんかない！ ましてロンドンなんて飛行機で行けばすぐじゃないか。会いに行くよ、愛《いと》しいケイ。きみは僕の最愛の恋人だ』

そしてキスを求めてきたヘルマンは、滂沱《ぼうだ》の涙を流しながら狂おしく僕を抱きしめ、愁嘆の思いに激しく泣きじゃくり始めた。

こうなることがわかっていたので、僕としては出発の直前まで彼には伏せておくことにしていたのだ。言ったら最後、出発までの日々は、別れを惜しむ彼のベッドの中で過ごさせられる羽目になっていただろうから。

だがヘルマンの慟哭《どうこく》は、自分の感情に酔い痴《し》れるナルシシズムの一種であり、去った恋人を偲《しの》んで涙に暮れる日々を送るのも、言ってみれば、ロマン詩研究家であり詩人でもある彼の、詩人流の恋愛遊戯の楽しみ方であることを、僕は知っている。

『死を含めて、別れというのは突然やってくるものだと、実感しています』

僕は言ってやった。

『予定どおりならば、あと二週間はともに過ごせるはずでしたが、運命の女神は僕に、鳥が飛び立つようなあわただしい旅立ちを命じてきた。そして僕としては、日本の格言で言う「立つ鳥あとを濁さず」といった別れで去りたい。こうして母国へ帰っていく僕を、どういった運命が待ち受けているのか、いまの僕にはまったく予想もつかないからです。ふたたびこちらへ戻れるかどうかすらも。

よって、つねに誠実だったきみへの誠意として、約束を破らないために約束は残さずに行きたいのですが、わがままでしょうか？』

『僕がつき合った男たちの中でも、きみは最高の詭弁《きべん》家だね』

ヘルマンはすすり泣きながらそれを言ったが、声には苦笑の響きがあった。

『だが、「約束を破らないために、約束は残さない」というフレーズは気に入ったよ。つれない主張を論理的に納得させる内容であり、かつ韻を踏んだ詩的な言い回しで主張の冷たさをうまく糊塗《こと》している。捨てる男への別れの捨てゼリフとして合格点をあげよう』

『ありがとう』

と答えて、つけくわえた。

『ヘルマン、きみと過ごした時間は、僕にとってはよき思い出です。また会えたときにはなつかしく抱き合える関係で終われたのだと信じたい』

『そのとき、おたがいに新しい相手ができてなければね』

ヘルマンは苦しげな笑みを浮かべて強がって見せ、僕は彼の潔い態度に感銘を覚えて、少しばかりこの別れが惜しくなった。

『そうした場合にはぜひ、古きよき友人としての握手を』

『ああ、ぜひ。だが本音としては、別れたくないよ。きみとは生涯ともに過ごしたいと夢見ていた。僕のローエングリン……僕のジークフリート……きっときみ以上の男はいない』

切り上げ時だ。

腕の時計を見やることで時間への注意を喚起しつつ、飛行機の出発時間から逆算した結果を言った。

『もう行かなくては』

『Ja《ヤー》』

ヘルマンは最後のキスを求めて来て、応《こた》えてやるとまた少し涙をこぼした。

『ところで、これだけの荷物がきみの車に乗るだろうか？』

『だいじょうぶだろう。ステーションワゴンのほうを持ってきたから』

二人がかりで重量物を一階に運び降ろして、ハーグ夫人の家のドアをたたいた。まだ返金額の計算が済んでいないとのことだったので、ヘルマンが残りの荷物を取りに来た際に渡してもらうよう話した。

『置いていく服とおなじく適当な施設に寄付してもらうよう、こちらのヘル・オレンハウアーに頼んでありますので』

『いいわ』

と夫人はうなずいた。

『服を何枚か教会のバザー用にもらってもいいかしら？』

OKしたら、ヘルマンの手には何も残らないだろう。

『処分はヘルマンに任せましたので、彼と交渉してください』

そう予防線を張ったとたん、夫人はヘルマンとの交渉を開始しようとし、ヘルマンが言った。

『失礼ですが奥さん、いまは時間がないんです。彼を空港まで送ってから、また来ますので』

『ずいぶんあわただしいのね。道中、気をつけて。さようなら』

不満そうな夫人の希望によるハグとキスとで別れを告げて、十七ヶ月住んだ家をあとにした。

空港へ向かうあいだ、ヘルマンは空元気を装うことに専念し、空港に着くとポーターを探してきたり発券カウンターまで案内してくれたりと、まめまめしく世話を焼いてくれた。

かつて同性愛を禁じる法律があった国だし、ヘルマンは自分の社会的地位を大事に思っている男なので、僕らは握手だけで別れたが、出発ゲートをくぐる僕を涙ぐみながら見送っていた彼の姿は、知り合いの目に触れたなら充分危険だったろう。

ぎりぎりのチェックインになった飛行機は、定刻に出発して予定どおりにフランクフルトに到着し、出国手続きもスムーズに完了できた。

定刻遅れの三時二十分、成田便はフランクフルト空港を離陸し、一路日本へと向かった。


成田に着くと、スコアと本入りのトランク二個は成城の家までの宅配便に乗せ、身軽になったところで虎ノ門病院に直行した。

僕が日本へ帰ってきたのは、ひとえにお祖父様のためであり、できれば切りたいしがらみしかない成城の家など、ウィーンでの最初の下宿同様に二度と足を踏み入れたくなかった。むろん、そうは行かないことは重々承知しているが。

さて、病院の受付でお祖父様の病室を尋ねたところが、もう退院したという。

「いつですか？」

「少々お待ちください」

尻《しり》上がりに言って書類を調べに行った女性事務員は、すぐに戻ってきてはきはきと言った。

「桐院堯宗様は一時間程前にご退院なさいました」

では、すれ違いというわけだ。

「転院ではなく、退院ですか？」

「はい。ご自宅のほうへお戻りになられました」

その返事がよいニュースなのか悪いニュースなのか、判断しかねた。回復して帰宅したと取ってよいのか、甲斐《かい》のない加療をするより自宅で静かに最期の日々を過ごさせようということなのか。僕は知らなくてはならない。

いまさらながらに、お祖父様が亡くなるという事態が実感として胸に迫るのを覚えながら、僕は質問を続けた。

「じつはくわしい病状はわからないまま、父からの帰国命令で取り急ぎ戻ってきたのですが、祖父について何か情報をいただけますか？　見舞いを言うにも、何も知らないのではぐあいが悪い」

病院スタッフには個人の情報は守秘する義務があるので、たぶん返答は断わられるだろうと予想していたのだが……

「お孫さんですか？」

「ええ、そうです」

「よく似ていらっしゃいます」

そう笑ったまだ若い彼女は、すらすらと言った。

「ウィルス性気管支炎から軽い肺炎を起こされましたが、初期の手当てが適切だったので重症には至らずに回復されました。ついでとおっしゃられて健康診断をお受けになられましたので、退院が三日ほど延びましたが、以前からの高血圧症と変形性膝関節《しつかんせつ》症が若干進行されている以外は、とくに問題はありませんでした。お歳のわりには元気なお体でいらっしゃいます」

事務員だと思っていた彼女の名札に『医師』とあるのに気づきながら、

「ありがとうございました」

と礼を言った。

「失礼ですが、音楽修行でドイツに留学していらっしゃる方？」

「そうですが、あなたは？」

「今回の治療と検査のサブチーフを務めさせていただきました、内科医の木内《きうち》です」

「それはたいへんお世話になりました」

あらためて礼の頭を下げた僕に、木内医師は「いいえ」と笑い、おどけるように小首をかしげて聞いてきた。

「まだ二十二でいらっしゃいますのよね？」

「そうは見えませんか？」

「ええ」

きっぱりとうなずいて、

「もっと老けて見えます」

と笑ってつけくわえて、彼女は話題を戻した。

「お祖父様も肺ガンの心配をなさっておられましたが、血液検査やCTスキャンの結果はシロでした。どうか安心なさってください」

「ありがとう」

と返して、その場を離れた。

さてこれで『祖父入院す』の連絡は、僕を帰国させるための父のたくらみだったことが判明したが、いかに業腹でもこのまま取って返すわけにもいかない。あの女医の説明はたぶん正確だろうが、やはりお祖父様の顔を見ないことには安心しきれない気持ちもある。

そこで僕は地下鉄と電車の乗り継ぎで、二年ぶりに帰る実家へと向かった。


近所からは桐院屋敷と呼ばれている石造りの洋館は、四角張った灰色の外観に冷ややかな権威主義をたたえた相変わらずの姿で僕を迎えた。

明治三十年代に富士見《ふじみ》銀行を開いた曾祖父《そうそふ》は、公家出身の華族にしては鋭い時代感覚の持ち主で、銀行家として成功を収めた証《あかし》として、大正初期にこの家を建てた。以来八十年、屋敷は富士見銀行の頭取一家の住まいであり、また桐院一族の本家であり、祖父も母たちも、僕と小夜子もここで生まれ育った。

だがこのどっしりとした威容が僕に伝えてくるのは、本家の長男というしがらみにまみれた義務とも呼ばれる重荷の存在だけだ。

車寄せに庇《ひさし》を張り出した玄関の石段を登り、訪問者用のベルを押して、待つことしばし。ドアを開けたのは執事の伊沢で、僕はハツに迎えられずに済んだ幸運に感謝したが、すべてに気配りの利く伊沢のことだから、自分が出迎えられるようにあらかじめ算段してくれていたのかもしれない。

「お帰りなさいませ」

と頭を下げた伊沢は、執事らしくポーカーフェイスを保っていて、今朝出かけていった人間が帰宅したかのように僕を迎え入れたが、僕を見やってきた目には微笑みにあたる明るい色を浮かべていた。

さりげなくスーツケースを受け取ってくれながらの、

「だんな様が電報をお打ちになりましたことを存じませんで、もうしわけございませんでした」

とは、自分が知っていれば、僕があわてて帰国しないでもいいよう手を打ったものを、という意味だ。

脱いだコートとマフラーを渡しながら、

「まる二年近く留守をしましたので、潮時というところでしょう」

僕はそう、伊沢の心遣いとお祖父様の寛大さへの感謝を示した。

今年で六十七になる伊沢重三郎《じゅうざぶろう》は、二十歳前から祖父に仕えてきた人物で、祖父が現役だったころには秘書を務め、祖父の引退と同時にこの家の執事となった。幼稚園時代からの僕の教育係でもあり、彼がぴんと背筋を張った姿とともに身につけているイギリス式の慇懃《いんぎん》な礼法は、いまだに僕の手本である。

「お祖父様はお部屋ですか?」

「書斎においでになります」

「もうすっかりお元気なのですか?」

「痰《たん》がまだ少々お残りですが、食欲もあられますし、とにかく退屈しておられます」

四角四面のポーカーフェイスにちらりとウィットをまじえる伊沢の語り口は、僕をくつろいだ気分にさせてくれる。

「ではごあいさつをさせていただこう」

「先にうがいと手洗いをお願いいたします」

「ああ、失敬」

洗面所で面会のための手続きを済ませたところへ、ハツが飛んできた。白髪頭はひっつめに結い、和装に割烹着《かっぽうぎ》という、僕の幼いころから少しも変わっていない老家政婦は、にこにこと両手をもみ絞って叫ぶようにさえずった。

「お帰りなさいませ、ぼっちゃま！　まああ、またご立派になられて」

念のために言っておくが、僕の体重は日本にいたころと変わっていないし、身長もおなじくだ。

「大だんな様がさぞやお喜びになられますでしょう」

とは世辞である。ハツはお祖父様には含むところがあり、だが僕がそれを知っていることに気づいていない。

「奥様とだんな様も首を長くしてお待ちでございますよ。ただいまハツがおいしいお茶を淹《い》れてまいりますから、どうぞお居間のほうへ」

「先にお祖父様にごあいさつしてきますので」

僕は言って、洗面所を出た。

そうした僕の態度に、ハツが傷ついた顔で恨めしげにしていることは想像できたが、僕へのペテンに加担した罪が不問に付されると思っていた心得違いのほうを修正すべきだ。

書斎にうかがうと、お祖父様は顔色もご機嫌もたいへんよく、可笑《おか》しげな楽しげなようすで僕を迎えてくれた。

「胤充《たねみつ》の電報で呼び返されたそうだな」

という開口一番が、可笑しそうにされている理由らしい。

「はい。まんまと乗せられました」

「あれにはあれの責任意識がある」

富士見銀行の頭取職を譲り渡した相手である娘婿を、お祖父様はそんなふうにかばわれた。

「お祖父様の元気なお顔が見られたので、よしとします」

僕は答えて、つけくわえた。

「落ち着いて考えれば、本物のウナ電でしたら伊沢が打ってくれていたでしょうから、引っかかった僕が未熟者だということです」

「まあ、そういうことだな」

お祖父様はおっしゃり、お続けになった。

「修行のほうはどうだ」

「ベルリンで学べることは習得を終えましたので、ロンドンに移ろうとしていた矢先でした」

「何か約束を作っているのか？」

「ロンドンでですか？　いえ、まだとくには。紹介状は何通か手に入れてありますが」

「ならば、しばらく日本におっても差し支えはないな？」

僕の海外留学希望を二つ返事で認めてくださり、「気の済むまで学んでくるがいい」と言ってくださったお祖父様とは思えない言葉に、僕は一瞬虚を衝《つ》かれ、最大限の慎重を期して答えた。

「日本にいるべき理由によります」

「M響で修行してみる気はないか」

お祖父様はさらっと返してこられ、僕はまた予想外の虚を衝かれた。

「MHKフィルハーモニー交響楽団ですか……」

状況分析と判断のための時間稼ぎをつぶやいた僕に、お祖父様は言われた。

「日本の中では一流だが、世界的なレベルから見ると、どう思う？」

「技術的には悪くないと思いますが、知名度は低いですね」

「その理由は？」

「海外公演をあまり行なわないからです」

「ならば技術的にも『井の中の蛙《かわず》』なのではないか？」

「海外からの指揮者やソリストの招聘《しょうへい》には熱心ですから、それなりの練度は持ちえているかと」

「楽員の大方は留学経験者だしな」

「そのあたりは僕は知りませんが、おそらく」

「わしは国粋主義者ではないが、わが国のオーケストラが、世界に通用する日本人指揮者に率いられて世界的に名を馳《は》せるときが来たらと夢想する。M響はかつてそうしたチャンスを手にしたこともあったが、舶来礼賛が抜けない官僚体質のくだらなさのせいで、せっかくの才能に逃げられた。

彼らは、自分たちが追い出したのだと言うだろうがな。それこそが救いがたい愚昧《ぐまい》さの証明というものだ。自国が生んだ才能よりも雇われ外国人の賃仕事をありがたがっとるうちは、日本人によるクラシック演奏は、よくできた猿真似の域を出られん」

ふだんは無口なお祖父様が、こと音楽に関しては饒舌《じょうぜつ》になられることはよく知っていたし、こうした辛口の評論もいつものことだったが。

「では、僕にM響で修行しろとおっしゃる意味は……」

「おまえのオーケストラにどうかと思ってな」

あっさりと言われたそれは、M響を僕の掌中に収めろというけしかけだった。たとえばトスカニーニのNBCや、セルのクリーブランドや、カラヤンのベルリン・フィルといったように。

「たしかに指揮者というのは、『自分のオケ』を持たないかぎり、お祖父様がおっしゃる『賃仕事』を求めて流浪するしかない存在ですが」

僕としては、あそこにそうした食指が動いた覚えはない。下手な楽団ではないが、個性的な魅力に欠けるというのが、M響に対する僕の評価だ。お祖父様の思惑は、僕の参入によって僕の個性をM響のそれへと反映させたいということだろうが……これは熟慮する必要がある。

僕自身がそこまでM響という楽団に入れ込めるかどうか、大いに疑問だからだ。

「招聘された先々で、初顔合わせの楽員を掌握し自分好みの音が出せるオケへと馴《な》らす挑戦は、いわばスポーツ試合における勝ちを得るような楽しさがあろうが、下手をすると、それにかまけて肝心の音楽がおろそかになる。

おまえの年ごろではまだ、相手をねじ伏せ鼻面を引き回す爽快感《そうかい》のほうが勝っているだろうが、音楽とはそもそも、心にしみる美しい音色や流麗なハーモニーを楽しむべきものだ。そして、そうした本物の『音楽』を実現するには、肝胆相照らすまでの信頼感と協調を共有し、目くばせもいらんほどの阿吽《あうん》の呼吸でおまえの求めに応じてくれる、おまえと一心同体の『おまえのオーケストラ』が必要だと、わしは思うのだが？」

「……理想としては、僕も同意見です」

僕は言い、お祖父様はたたみかけてきた。

「その相手として、M響はどうだ？　おまえが言うとおり、技術的な面では世界的にも『悪くない』レベルの楽団だ」

「まるで見合い話を押しつけられているような心境なのですが」

と返した僕に、お祖父様は、

「まさに見合い話を押しつけているのだからな」

とうそぶかれ、真剣な目で僕を見つめてこられながらおっしゃった。

「おまえがM響では役不足だと言うなら、この話はここまでにするしかないが」

「とは？」

「M響ならば、昔のよしみで明日にでも紹介状を利かせられるが、ほかの楽団にはそこまでのコネはないのでな。気短なおまえがロンドンに行ってしまうまでに話をつけられるかどうか、自信がない」

「お祖父様が待てとおっしゃるなら、一年でも二年でも待ちますよ」

僕はそう笑ってみせた。

「もっとも、べつだんに目をつけている楽団があるというわけではありませんので、その点のご配慮はご無用に。とりあえず今月のM響の演奏会を聴いてみて、お勧めへの結論を出したいと思いますが」

「よかろう」

満足げにうなずかれたお祖父様に、お歳とおそらくは入院のせいでの気の弱りを感じながら、椅子から腰を上げた。

「それでは、また夕食のときに」

「うむ」

部屋を出る前に、伊沢にチケット取りを頼んだ。

正直なところM響という楽団については、良くも悪くも『オーソドックス』の一語に尽きると僕は見ていて、相変わらず食指などまったく動いていなかった。だが、ああまで熱心に持ちかけてくださったお祖父様の手前、お勧めに乗る気がないこともない、というポーズを取らざるを得ない。

伊沢はその日のうちにチケットを取り寄せてくれて、僕は三月の定期公演のAプログラムを聴きに行くことになった。それまでの二週間以上をこの家で過ごさねばならないのは気が重いが、いたしかたない。お祖父様への孝行と思ってあきらめよう。


一階の居間に下りると、茶の支度を整えたハツと、外出前らしい訪問着姿の燦子《はなこ》母上が待っていた。

「父上からの電報で取り急ぎ戻りましたが、お祖父様はお元気のようで安心しました」

帰宅のあいさつ代わりに、そうした言い方で父のたくらみを当てこすった僕に、母上は表情も変えずに泰然自若とうなずいて口をひらいた。

「あなたが便りもよこさないからです。お父様もずいぶんとご辛抱なさいましたのよ」

「まあ、そうなのでしょうね。僕を呼び戻す口実ができるまで、虎視《こし》眈々《たんたん》とお待ちになられた」

「積もる話は帰ってからにさせていただくわ」

母上はそう返してきた。

「せっかく圭さんがお帰りなのだから今日は家にいたかったのだけれど、末次《すえつぐ》様の初釜《はつがま》にお正客でお招きいただいていて、はずすわけにまいりませんの。ごめんなさいね」

「どうかお気遣いなく。遅れないようお出かけください」

「ええ。ハツさん、あとはお願いね」

立てば芍薬《しゃくやく》、歩く姿は百合《ゆり》の風情をイメージしているに違いない、楚々《そそ》とした中にも威厳を保った桐院家の奥様ぶりがお見事な母上を、僕への茶菓を出し終えたハツがそそくさと追っていった。

「かしこまりましてございます、奥様。行ってらっしゃいませ、奥様。お早くお帰りを」

そんな言葉をかけながら玄関まで見送りにいったハツは、すぐに戻ってきて、あのうんざりするおしゃべりを始めるだろう。

僕は菓子皿の上の練り切りを口に放り込み、玉露碗《ぎょくろわん》の中身で流し込むと、ソファから立ち上がった。ちょうど戻ってきたハツに、部屋で少し休む旨を言い置いて、居間という名ではあるがくつろぎとも団欒《だんらん》とも無縁の堅苦しい部屋を出た。

この家で息が抜ける場所というのは自分の部屋しかなく、そこすらも無条件な安住の地ではないが、少なくとも疲れ休めにベッドに寝転ぶ自由ぐらいは確保できる。


フライトの疲れはあるものの、時差に追いつかない体内時計の変調のせいで熟睡には入れず、眠りと覚醒《かくせい》の狭間をとろとろとさまよいながら、考えるともなく考えていた。

今後の身の振り方をどうするか……お祖父様の望みにしたがって日本で活動するならば、M響はいい足がかりになるに違いないが……そうなると必然的に僕はここに住まうことになり、この家で暮らさなくてはならないのは苦痛以外の何物でもない。

（いや、待て。M響のことと家のこととは切り離して考えなくては。音楽と生活を同等の秤《はかり》にかけて判断などしては、お祖父様に笑われる）

だがM響に籍を置けば、必然的にこの家から通わざるを得なくなり……と、ふたたび堂々巡りのトンネルに入りかけたところで、あっけなく出口を発見した。

（ウィーンやベルリンでのように、下宿ないしアパートといった住まいを手に入れればいいだけのことではないか）

父も母も渋い顔をするだろうが、それが日本に在住する条件だと言えば、反対はするまい。

夕食のテーブルでさっそく提議するために、僕は論旨を練り始めた。冒頭の言葉は、「もしもM響に籍を置くことになったならば」だ。


「富士見町のマンションに空き部屋があるかもしれん」

父はそんな言い方で、自分から僕の『条件』を受け入れる旨をしめした。

「いずれはおまえの名義にと思っている物件だ」

「富士見町なんて、渋谷《しぶや》へも泉岳寺《せんがくじ》へも遠くてよ？　電車の乗換えが二回……いえ、三回かしら。おまけにラッシュ時間はひどい混雑だし」

妹の小夜子《さよこ》がしかめ面で異議を申し立てた。

「都心の賃貸マンションでもお借りになったほうが、ずっと便利だわ」

「わざわざ他人に家賃を払うことはない」

「お父様にお払いになるなら、お兄様としては一緒でしょ？」

「わしが言っとるのは」

「富士見町のマンションなら、お家賃は要らない？」

「そうは行きません」

と割り込んだ僕は、

「それってお父様、パラサイト・シングルを育てておしまいになるわよ」

という小夜子の掩護《えんご》により、

「どのみち自分の稼ぎがない以上、譲られた財産という不労所得にたかっとる立場だろうが」

との、正論であるがゆえに腹立たしい指摘を食らってしまった。

「譲られた財産の使い道は、圭さんが自由になさればよいことですわ」

母が父に向かってやんわり釘《くぎ》を刺し、母と妹に弁護された格好である僕の立場は、さらに凋《ちょう》落《らく》した。

「すべては、もしもM響に籍を置くことになったなら、という話です」

僕はそう立場の挽回《ばんかい》を図り、

「M響のどこが不足だ」

と父がにらんできて、話の流れが変わる条件ができた。

「まずは、僕の身分がどういったことになるのか、ですね。おそらくは研究員といった形での籍の置き方でしょうが、M響は現在、常任指揮者制度を廃止しています。つまり、たとえば何年間かの研修を積んだとしても、その先の見通しがない。そうした条件下で下積み修行をすることに意義を認めるには、M響はいささかならず魅力不足かと」

「どうせ研究員として入るなら、ベルリン・フィルだのウィーン・フィルだのというメジャーを狙いたいというわけか？」

「まあ、ごく短絡的に言えば」

「おまえがM響を世界のメジャーに押し上げればいいじゃないか」

父はそうふんぞり返り、僕は（おや）と思った。お祖父様の根回しは、ここまで進んでいたのか。

「まさかと思いますが、富士見銀行がM響の経営支援を行なうことにでもなったのですか？」

芸術音痴のあなたが頭取となって以来、お祖父様が創立された行内楽団への活動支援すら、年々縮小の憂き目を見ているそうであるのに？

「だとしたら企業による文化事業へのすばらしい貢献として賞賛しますし、僕としても協力は惜しみませんが」

かつてそれを生み出し育《はぐく》んだ『王侯貴族』という強大なスポンサー勢力を失った、現今のクラシック音楽界が必要としているのは、もっともらしい百万語の御託より、コンサート活動を支えることで楽員の生活を保障し、それによってクラシック音楽を演奏する楽団の存続を支援する、実質的な『後援者』であることを、いまの僕は知っている。

世界中のほとんどすべてのクラシック楽団は、圧倒的な資金難に喘《あえ》ぎつつ、所属する楽員の生活を守り演奏活動を継続させることに、必死の努力を傾注している。

どれほど音楽を愛し、いかにすばらしい演奏ができる人物であっても、生きていくには毎日のパンが必要であるし、音楽家として生きていくには、音楽で食べていけることが条件だ。

「もちろんM響には公共放送局という強力なバックがあり、専用の練習場とコンサートホールを確保していて、月に六回の定期コンサートをひらけるだけの運営能力を持っていますが、楽員の待遇は必ずしも満足できるものではないと聞いています。

そのあたりで大口のスポンサーの参入が期待されていることは、充分考えられます」

僕の皮肉に対する父の返事は、皮肉には気づいていない顔での、

「M響が戦後の混乱期を生き延びられたのは、桐院家の手厚い援助によるものだ」

いつの話ですか……五十年も前のことだ。

「ともかく次の演奏会を聴いて結論を出します」

と話を終わらせた。

お祖父様はいつものように、僕と父たちとの話にはいっさい口をはさんでこられず、黙々と食事を済まされるとご自分の部屋へ戻っていかれた。

僕も食事を終えると席を立ったが、廊下に出たところでハツに捕まった。

「ぼっちゃま、富士見町なんてところは、ぼっちゃまがお住まいになるようなところじゃございませんよ」

ハツは言いつけ口調でそうささやき、ひそひそと続けた。

「もう昔の話じゃァございますが、富士見町の家は大だんな様が囲われ者を住まわせていたところで、おまけに肺病で死にましたんです。ご出世前のぼっちゃまが、そんな験《げん》の悪いところにお住まいになっちゃいけません。ハツは反対でございますよ」

そして、そそくさと食堂に戻っていった。

ハツの告げ口は、彼女の意図に反して、僕にその家のことを思い出させるという効果をもたらした。

子どものころ、伊沢に連れられて一度だけ行ったことがある……洋館造りだが、この屋敷のような威圧的な冷たさはなくて、玄関に飾られた伊沢の兄という人の肖像画が印象的だった。

門のそばの、ちょうど花を咲かせていたナツメの木に、登って遊んだ記憶も残っている。

（あの家に住んではどうだろう）

と思いながら階段を上っていたら、下りてきた伊沢と会ったので、聞いてみることにした。

「伊沢さん」

と呼び止めて、尋ねた。

「昔、伊沢さんの兄上の絵がある家に行きましたが、あの家はいまもあるのでしょうか」

「はい、ございます」

「場所はどこだったのでしょうかね。家のようすや、門の近くにナツメの木があったことは覚えているのですが」

「番地で申しますと富士見三丁目でございます」

僕は（おや）と思いつつ質問を続けた。

「あそこは伊沢さんの実家だったのでしょうか？」

「さようでございますが、昭和二十二年に地所ともども御前様にお買い上げいただきまして」

「では、いまはお祖父様の持ち物ですか」

「はい」

「誰か住んでいるのだろうか」

「いいえ」

「ならばお借りできるだろうか」

「主様のお住まいにでございますか？」

伊沢はわざわざ聞き返してきて、そうだと言うと、

「いかがでございましょうか」

と眉をひそめた。

「何か問題が？」

「少々……なきにしもあらずでございまして」

伊沢にしてはめずらしい煮え切らない返事に、僕は先ほどの（おや）を持ち出してみることにした。

「富士見町に昔、お祖父様の妾宅《しょうたく》があったと聞いたことがありますが、そうしたいわくでもある家なのですかね」

まったくめずらしいことに、伊沢はぎょっとなった内心を隠しそこない、僕は言いわけする必要を覚えた。

「べつだん僕は気にしませんが、お祖父様にとっては触れたくない件であるならば、あの家についての打診は差し控えます」

「御前様のお返事は推測いたしかねますが、お尋ねになられる分にはかまわないと存じます」

伊沢は言って、

「いまからおいでになられますか？」

と聞いてきた。

「お祖父様のご都合がよろしければ」

と答えると、伊沢は下りてきた階段を引き返して、お祖父様の書斎のドアをノックした。

「主様でございます」

「入れ」

という返事を聞いてドアをあけてくれた伊沢は、またもや彼らしくないふるまいをした。

つかつかとお祖父様のところへ歩み寄ると、

「主様には、富士見三丁目の家をお住まいとしてお使いになられたいそうでございまして」

そう僕の用件を先回りに告げたのだ。ふだん、そうした僭越はしない人物なのに。

そしてお祖父様は、まずは伊沢に向かって「そうか」とうなずき、それから僕に目を向けてきて言った。

「あの家は、わしが死んだら伊沢に遣《や》ることにしてある」

僕は少々面食らいながら返した。

「あの家をいただきたいと思っているわけではありません。しばらく住まいとしてお貸しいただけないかと考えただけです」

「おまえ一人の住まいには広すぎよう」

つまり、お祖父様にはお貸しくださる気はないということだ。

「そうかもしれません」

僕は肩をすくめてみせた。

「じつのところ、子どものころに一度行っただけですので、何部屋ある家かも知りません。父が建てた無粋なマンションに住むよりはよかろうと思っただけです」

そしてお邪魔しましたと続けようとした矢先だった。

「ちょうどいい、話しておきたいことがある」

お祖父様がおっしゃり、座れとしぐさなさった。伊沢が椅子を運んできて、書き物机を背にしたお祖父様と向き合う場所に置いた。それから伊沢はお祖父様の安楽椅子の横に立ち、僕は二対一の話し合いになるらしいと思った。

僕は腰を下ろし、お祖父様が口をひらいた。

「話というのは、伊沢のことだ」

「はい」

「三丁目の家のことは正式な遺言書を作ってあるから、おまえに面倒をかけることはあるまいが、わしが死ねば伊沢は天涯孤独の身となる」

僕はうなずきで答えた。お祖父様もいつかは亡くなることへの覚悟はあるが、口に出して認めたくはなかった。

「伊沢がこの歳まで妻も持たずにきたのについては、わしに責任がある」

きっぱりとおっしゃったお祖父様に、

「いえ、御前」

と伊沢が口をはさみ、僕はお祖父様の望みを悟った。

「伊沢さんの老後については、僕が責任を持ってお引き受けします。金銭的な世話とはべつの意味でです。僕はこの家は継ぎませんが、伊沢さんは僕にとって親のような存在ですので、決して孤独にはさせません」

それから、ためらう思いに（いまがチャンスだ）と限《きり》をつけて言い添えた。

「僕も長く人生をともにできるパートナーに恵まれたいものですが、こればかりは運しだいでしょうか」

「そうかもしれんな」

お祖父様は静かに微笑まれ、

「わしは恵まれた」

という言い方で、僕の積年の疑念だった二人の仲をお認めになった。

「では伊沢さんのためにも、できるだけ長生きなさってください」

僕はそう笑みを返して、その場を辞した。

それからしばらくして、そろそろ寝ようかと思っていた僕の部屋に、伊沢がやって来た。

「少しお話しさせていただいてよろしゅうございましょうか」

という遠慮がちな言い方と目を伏せた表情とで、およそ察しがついた。

僕は伊沢を招き入れ、かつては伊沢に絵本を読んでもらう場所だった窓辺のテーブルをはさんで向かい合った。

「まずはお詫《わ》びを申し上げなくてはなりません」

伊沢はそう話を切り出し、とりあえず黙って聞くつもりでいた僕は、そう来られたら言わざるを得ない反論の口をひらいた。

「僕は、伊沢さんにもお祖父様にも恩しか感じていません」

「……さようでございますか」

とうつむいた伊沢は、僕の反論を会話の拒絶と受け取ったようだったので、言い継いだ。

「僕がゲイに走った理由を分析すれば、伊沢さんとお祖父様の関係が遠因ではあるでしょう。しかし僕には、責める気持ちは起こらない。自己弁護を仮託しての容認でもありません。ですので祖父への愛を詫びてなどほしくない。祖父を愛したことを後悔しているというならばべつですが」

伊沢はすうと音を立てて息を吸い込み、顔を上げて言った。

「罪悪感は強うございますが、後悔はいたしておりません」

そのおだやかな表情が彼一流のポーカーフェイスであることを感じながら返した。

「ならば僕も希望を持てます」

一呼吸置いて、伊沢が聞いてきた。

「いつからご存じでしたか？」

「伊沢さんがハツたちの迫害を受けていることについては、幼少のころから。その理由に思い至ったのは、ゲイ宣言をした後です。確証はついにつかめませんでしたが」

「さようでございますか……」

伊沢は万感がこもったふうなため息をつき、僕はもっと腹を割った話をしたくなった。

「ひとつだけうかがってもよいでしょうか」

「何なりと」

「富士見町の家のことです。ハツは妾宅だと罵《ののし》っていましたが……結核で亡くなったという女性のことは、伊沢さんはご存じでしたか？」

伊沢は返事を用意していたらしい。すらすらと言った。

「女性ではございません。昭和二十年に二十二歳で亡くなりました私の兄でございます。私は光一郎の死後に、兄の跡を継いで堯宗様にお仕えいたしました」

「あの肖像画の方ですか？」

「はい。あの家は、堯宗様が兄の実家を援助くださるためにお建てになったもので、病を得ておそばを離れた兄はあの家で亡くなりました。

以来、堯宗様は兄の思い出とともにあの家を封印なさり、いまに至っております。お貸しはできないと仰せになられましたのは、そうしたご事情でございます」

「それはつまり、祖父はいまだに光一郎氏に思いを残しているということですか？」

尋ねて、「意地の悪い質問ですみませんが」と言い添えた。伊沢がすっと表情を消したので。

「ぼっちゃまが何をお知りになりたいかによります」

という返事は、質問が多少なりとも伊沢の気に障ったということだ。

そこで僕は正直に打ち明けた。

「僕が知りたいのは、ゲイでも性愛以上の関係が得られるのかということです」

すると伊沢は哀れみを浮かべた目で見やってきて、

「いつかは申し上げようと思っておりましたが、その機会がまいりましたようで」

そう前置きして、言った。

「自分と他者との関係は、自分自身の他者に対する態度が鏡に映ったものでございます。異性間であろうと同性同士であろうと、人と人との関係である以上、多少の条件の差があるだけで真理は普遍であると、私は考えます」

伊沢は、祖父が現役だったころには敏腕の腹心として社員の教育にも当たっていたそうで、その言辞には多くの人間の長所短所を見極め指導してきた経験による、確固とした信念の裏づけがある。また幼いころから彼に受けてきた薫陶が、僕を多少ともまともな人間にしてくれているることを、ここ数年、身にしみて自覚するようになっていた。

だから反射的に覚えた反発は抑えて言った。

「つまり性愛以上の関係を得られないのは、僕がそうした態度であるからだ、と？」

「正確な事実までは存じませんが、真摯《しんし》な情愛や信頼を醸成するようなおつき合いではないように拝察いたしております」

「たしかに……」

言われてみれば、そのとおりだ。もっとも反論はあるが。これまでに出会った男たちは、いずれもせいぜい友情を結ぶ程度の価値しか感じさせず、それは僕の罪ではない。

「そうした浅く広くを求めた結果にご不満であるならば、心を預け合い終生愛し合えるようなパートナーをお探しになられるべき時機に来ておられますのでしょう」

「僕にもそんな相手が見つかるだろうか？」

オブラートに包んだ反論を込めて返した僕に、

「わかりません」

伊沢はきっぱりと言い切って、つけくわえた。

「ただ、求めねば見つからないことだけは事実でございます。『求めよ、されば与えられん、たたけよ、さればひらかれん』物事とはそういったものでございましょう」

「天国の門ですか。果たして僕にもそんなものが用意されているのかどうか」

自嘲《じちょう》する気はないが、人との関係がそうした恵みを与えてくれるとは思えなかった。まるで期待がないわけではないので、伊沢とこうした話を交わしているのではあるが。

「孤独でおられることに頑固におなりにならなければ、お相手は見つけられると存じます」

「僕の容姿や才能に惹《ひ》かれて近づいてくる連中の中から、そうした相手が見つかるとは思えませんね」

あるいは音楽だけを人生のパートナーにすると覚悟を決めたほうが、前向きかもしれない。

「ならば、そうではない方々の中からお探しになればよいでしょう。要は、お相手よりも先に主様ご自身が惚《ほ》れ込まれるような、そうした出会いをお求めになられることです」

「それはますます難題ですね」

自分の好みのうるささを熟知している僕はそう苦笑したが、伊沢はまじめな顔で「いえいえ」と首を振った。

「桐院家のお血筋の方々は、皆さま美意識に頑固であられますが、私のような者がお拾いいただけたという事実がございます」

「伊沢さんは能力も人柄も一流の人材です」

「もしそうであるならば、それは私が、御前様のおそばにおりたい一心で培ったものでございます」

「そこまで真剣に愛してくれる存在ならば、こちらも真剣に愛さざるを得ないでしょうが……」

そらそらという顔で伊沢は言った。

「そこがすでに間違っておられます。すべからく恵まれてお育ちの圭様にとっては、愛も献身も捧げられて当然のものという意識であって、格別な感動などはなさいますまい？」

これにはいささかならずグッときた。

「それはたいそういやな人間ですね」

「恵まれ過ぎたゆえの悲劇だと、私は受け止めておりますが」

「伊沢さんへの態度もそのようでしたか？」

「私は充分に心をかけていただいております」

それが世辞ではないことを、伊沢は温かい親愛に満ちた笑みでしめして見せ、話を続けた。

「日々のささやかな喜びに一つひとつ感動し、満たされる心地を楽しみながら生きる暮らしというのを、教えてさし上げたいとは存じますが、これは手助けの届かぬ次元のことです。

それはいわば、圭様にしか見つけられず圭様の手でしかあけられない、圭様のための『天国の門』の向こうに存在するものでございますから。私にできますことは、『幸せへの扉をお探しください』と助言申し上げることだけです」

これが友人の誰かのセリフであったなら、僕は「きみは宗教の勧誘でも始めたのか」とからかい、そのもっともらしい空虚さをあざ笑いながら右の耳から左の耳へと聞き流しただろう。だが伊沢の言葉をそうした扱いにはできかねた。僕は伊沢という人物をよく知っていたし、めったに人生訓など語らない彼が、真摯な忠告として言ってくれたことなのだ。

「考えてみましょう」

僕は言い、

「熟慮します」

と言い直した。音楽に生涯を捧げることが、僕にとっての天国の門の鍵《かぎ》かもしれない。

「ところで、最初から話の腰を折ってしまいましたね。話を戻しましょうか」

「いえ、申し上げたかったことは申しました。これにて失礼させていただきます」

「そうですか。では、僕のほうからもうひとつ」

「どうぞ」

浮かせかけた腰を椅子に戻した伊沢に、僕はこれまた懸案であった事項を尋ねた。

「お祖父様のご体調はどうなのだろうか。病院での検査結果には問題はなかったと聞きましたが、僕が見たところでは、ずいぶんと気が弱られているように思うのですが？」

「お歳がお歳でございますので、昔と比べますと、お体もお気持ちもそれなりに弱られてはおられますね」

伊沢はしんみりとした口調で僕の指摘を認めた。

「もっとも、お歳のわりにはご壮健であられますので、急にどうこうといった心配はないとは存じます」

僕は安堵《あんど》と迷いを半々に感じながら言った。

「孫としては、近くにいてさし上げるのが孝行だろうとは思うのですが」

いくらお祖父様のためでも、音楽の勉強を二の次にはしたくない。またお祖父様も、そう言ってくださると信じたいのだが、M響の件がお祖父様への認識を揺らがせている。

「その件につきましては、圭様のお心のままになさいますよう。御前様がM響のことを持ち出されましたのは、可愛いお孫様を日本につなぎとめるためといった、卑小な意図ではあられません」

「うかがえばお祖父様もそうおっしゃるでしょうが、信じていいのだろうか。あるいはこちらから察しをつけることをお望みであられるなら」

「そこまで耄碌《もうろく》しておらん、と一喝されますでしょうよ」

伊沢は声をひそめる芝居を添えて言い、にっこりと笑んでつけくわえた。

「もちろん、ご納得がいかれますまで話し合われることのほうをお勧めいたしますが」

「……そうですね。ええ、たぶん」

だがそれだと、お祖父様がお持ちの残り時間が心配だといったような、お触れになりたくはなかろうことも話題にしなくてはならなそうで……いささかならずためらう。

そうした僕の内心を読んだように、

「御前様に申し上げますと、わしより十以上も若いおまえが何を言うかとお笑いになられますが、私とてこの歳になりますと、自分の老い先の短さを意識いたします」

伊沢はそんなことを言い出した。

「まだ六十六でしょう？」

「さようではございますが、平均寿命から計算いたしますと、私の人生は残り十数年ということになります」

僕はぞっとなって思わず言い返そうとしたが、伊沢は言葉を続けた。

「そうしたふうに考えましたときに、何が一番気がかりかと申しますと、自分がいなくなったあとのことでございます。その裏返しといたしまして、たとえば圭様にも、伊沢がいつまでもお世話してさし上げられるわけではないのだとお気づきくださり、お覚悟とお考えをお持ちいただければ安心であるのにと思うしだいでございまして」

「……僕としては、伊沢さんやお祖父様がいなくなられるときのことなど、考えたくもありませんが」

「なにせ避け得ぬ摂理でございますので、お考えいただけないほうが心配でございます」

言って、伊沢は「もっとも」と接ぎ穂をつけながら苦笑した。

「かく言う私とて、御前様に先立たれることなど考えたくもございませんし、いざそのときがまいりましたなら、それから先をどう生きてよいものか途方に暮れましょう」

言い終えながら面映《おもはゆ》げに目を伏せて、

「つい口軽く余計なことまでお聞かせいたしました」

と結んで立ち上がった。

「長々とお邪魔をいたしました」

と腰を折ってドアへ向かった執事を、

「伊沢さん」

と呼び止めた。

礼儀正しく振り向いた伊沢に申し入れた。

「僕でよろしければ、今後は愚痴でもノロケでも聞かせていただきますよ」

すると伊沢は、ひょいと眉《まゆ》をはね上げて教師の口調で言った。

「独り者の耳には毒です」

そして悠然と出て行った。

僕は笑ってしまい……うらやみのため息をついた。

伊沢と祖父との四十数年が、茨《いばら》の生い茂る隘路《あいろ》を進むふうであったろうことは想像に難くないが、少なくとも彼らは独りではなかったのだ。

「天国の門……ですか」

そんな相手が、僕にも見つかるのだろうか。

（望みはきわめて薄いでしょうね）と僕は思った。

女性に失望し恋愛に絶望していた十七歳の僕に、同性愛という可能性への扉をひらいてくれた自称リッチーとの出会いと別れ以来、数え上げるならば百人を超えるだろう相手とのつき合いを経てきたが、彼らと関係することで得られたのは、一過性の性的充足と、友情と呼ぶのがせいぜいの情動を『恋愛』と受け取りたがる相手との、不毛な攻防をかわすテクニックぐらいのもの。

興味を寄せてくる視線に応えれば、当然の帰結となるベッドイン。その結果として掻《か》き立てられた性的興奮が冷めてみれば、僕はやはり絶対的に孤独なのだ。

「僕にとって、音楽以上のパートナーはいないということでしょうね」

という、いつもの結論でケリをつけるために、パンと両手で膝《ひざ》をたたいて立ち上がると、寝支度の着替えにかかった。

チケットを取ったM響のコンサートまでの二週間弱を、僕は、毎日出歩いて過ごした。都内のめぼしい美術館での展覧会を見て歩き、いくつかのコンサートやリサイタルに足を運び、それでも埋まらない時間は、歌舞伎や小劇場芝居などの観劇や映画の鑑賞でつぶした。

そうした努力の結果、父や母とはほとんど顔を合わせないで済んだが、二度あった十日はいずれも小夜子に捕まってしまい、一緒に出かける羽目になった。

女子短大への進学が決まっているという彼女は、私服を着て化粧をするとすっかり一人前の女性で、しぐさから口ぶりまで、僕がもっとも苦手とする母にそっくりになってきている。しかも僕に対して言いたい放題のわがままを通してくるところは、小学生のころに戻ったようなぐあいだった。

最初の土曜日、小夜子は僕をつれて、渋谷区から港区にかけての何軒かのマンションを見てまわり、翌日には富士見六丁目の父名義のマンションを見せられた。

「あら、なんだか鉛筆みたいな建物ね」

狭い敷地に上背高く建てられたマンションを、小夜子はそう評した。管理を任せている不動産会社から取り寄せたという鍵は、七階建ての最上階の部屋のもので、六階までは二世帯ずつだったが、その階だけは一室だった。

「あら、変則四角形のお部屋？　だめね、お兄様、こういうお部屋には幽霊が出るそうよ」

高校三年生にしては幼いことを言う小夜子に内心思わず笑ってしまったが、続いたセリフには吹き出した。

「お兄様、ご存じ？　このお部屋は、お父様がお兄様のアトリエ用にお造りになったらしいの。

ほんとうはここにグランドピアノをお入れになるつもりだったんですって。でも、階段は狭いし、エレベーターは途中までしかないし、七階でしょう？　どの業者にも断わられて、ピアノは入っていない『音楽家のアトリエ』になってしまったのよ。お父様らしくて可笑しいでしょ？」

たしかに噴飯ものだが、根を生やすつもりはない日本での仮住まいにはふさわしいかもしれなかった。泉岳寺にあるM響の練習場や、成城の家との距離も適当に遠くて、独り住まいを押しかけ来客に乱されることも少ないだろう。

僕はその日のうちに、父に部屋の使用を申し込み、二つ返事で承知した父はこれで僕を日本につなぎとめられたと思ったようだが、あいにくと読み違いだ。日本に長居をする気はないから、不便な場所でかまわないし、ピアノも必要ないのである。

伊沢が三日間であれこれ整えてくれたので、木曜日に引っ越した。僕が持ち込んだ荷物は、次の旅立ちに必要なスーツケースが二つと、ベルリンから持ち帰ったスコア入りの革トランク。伊沢は、僕の部屋にあったレコードやCDの類《たぐい》をぜんぶ移してくれていたので、勉強部屋の雰囲気ができた。

ところが気が利きすぎて電話も引いてあったので、次の土曜日は小夜子の買い物につき合わされ、日曜には母と小夜子のオペラ見物をエスコートさせられる羽目になった。東京芸術劇場の音響設計はいまいちだった。

そうこうするうちに、チケットを手に入れたM響の定期演奏会の日がやって来た。

平日のマチネー（昼公演）だったのを幸いに、僕は一人で聴きに行き、技術的にはすぐれた楽団であることを確認した。演目については、シュトラウスはまだしも、ワーグナーのほうは途中で寝てしまったような退屈な出来だったが……あの正確で精緻《せいち》な演奏に、僕の振りで魂を吹き込めたなら、面白いかもしれない。

成城の家に立ち寄る約束になっていた帰路、僕はあの楽団に対するお祖父様の目論見《もくろみ》をじっくり検証してみて、僕に用意されている椅子しだいだと結論付けた。

M響は素材としては悪くないが、指揮の研究員といった身分しか得られないなら、デメリットのほうが大きい。おなじ何年もの下積みを辛抱するならば、ヨーロッパの楽団を選ぶべきだ。向こうでならばオペラを学ぶ機会も手に入れられるが、こちらではそもそも聴くチャンスすら限られているし、演目の幅も狭くて話にならない。


「副指揮者ということで話をつける」

お祖父様はおっしゃった。

「そうしたポストがあるとは知りませんでした」

と僕は言った。

「ポストなど、必要に応じて作るものだ」

お祖父様はおっしゃり、

「風当たりは強いだろうが、研究員よりはましだろう」

とつけくわえられた。ともかくM響との交渉はいまからなのだ。

「話はいつごろまとまりますか？」

「月末まではかかるまい」

「では就任準備に入ります」

M響の今年の定期演奏会の予定は手に入れてきた。演目が発表されているのは七月分までだが、交響曲、協奏曲とりまぜて二十数曲の名前が挙がっている。三週間ではせいぜい四月五月分を勉強するのが関の山だろう。

「ラジオ放送の演奏や地方公演が、当面の仕事になろうな」

と指摘されて、（ああ、なるほど）と思った。では、そちらの情報もリサーチしておかなくては。副指揮者となれば、いつ正指揮者の代役が降りかかってきても対応できなくてはならない。

結局、目を通しておくべきスコアは四十冊を超えることになったが、むろん望むところである。僕はマンションに閉じこもって、一日十二時間のペースで予習を片づけていき、五月のAプログラムの譜読みを終えたところで、お祖父様から連絡が来た。

《明日の十時、M響の事務局長に会いに行け。話は理事会から通してある。理事長が顔を出したら、よろしく言っておいてくれ》
「わかりました。ありがとうございました」
《楽しみにしておるぞ》
「ところで、M響が話を呑《の》んだ条件をうかがわせていただけますか？」
《五十年前の恩を返す気はないかと言ってやっただけだ。終戦後一年間ほど、団員を丸抱えで食わせてやっていた》
「では、富士見銀行からの寄付といったものは？」
《今回は金は動かしておらん。いずれおまえが正式デビューしても、胤充はそうした気は起こさんだろう》
「まあ、そうでしょうね。ともかく安心しました。あまり生臭い話は背負いたくありませんでしたので」
《どのみち噂は出るぞ》
「ええ、好きなように言われておきます」
お祖父様のコネクションを利用してもぐり込むのは事実なのだから。

事務局長は五十がらみの精力的な男で、ずんぐりした体格のわりにフットワークが軽かった。オーケストラの舞台裏を支える立場に意欲を持っている能吏らしい人物で、当然、僕のことはお気に召さないようだ。

「はじめまして。事務局長の高田《たかだ》です」

という名刺を差し出しながらのあいさつは、事務的な用件を片づけるために必要だから言ったというぐあいの冷ややかさしかなく、僕は一瞬、会話はドイツ語でしてやろうかと思ったが、大人気ないのでやめた。

「桐ノ院《とうのいん》圭です。名刺は持ちませんが履歴書を持参しましたので、氏名の表記はこちらをご参照ください。桐と院のあいだにカタカナの『ノ』が入ります」

事務局長はいささかならず面食らった顔で、要請にしたがって持参した履歴書を受け取り、

「お座りください」

とソファを指し示した。

自分も腰を下ろし、履歴書をさっと読み下して、ため息を嚙《か》み殺した。

「学歴はこれだけですかな?」

「はい」

「師事歴も?」

「そこに書いたとおりです」

「コンクールでの入賞歴などは」

「ありません」

「芸大指揮科で一年。ウィーンで一年、ベルリンで一年と少し……」

「ええ」

「本来でしたら、研究員としての採用も難しいところです」

事務局長はそう抵抗を試み、だが僕の採用は理事会命令なのだ。

「研究員という身分でしたら、ロンドンかドレスデンかコンセルトヘボウを選んでいました」

もちろん事務局長はハッタリだと思ったようだ。薄笑いを隠して聞いてきた。

「そちらを選ばなかった理由は何ですかな?」

「研究員よりも副指揮者のほうが、オケを振れる可能性が高いですから」

「あー、職名は『アシスト・コンダクター』ということになります。練習の補助をする役柄ですな」

「けっこうです。いつから入りますか?」

「あーその、いつからでも」

つまり彼は、まともに僕を使う気はないのだ。

「では明日から来ましょう」

事務局長はため息をついてうなずいた。

「そうですか。明日はちょうど練習日で、全員そろう予定です」

「集合は何時ですか？」

「九時ですので、八時半までに出勤してください」

「わかりました。それでは明日」

僕は「よろしくお願いします」とは言わずに席を立ち、事務局長も愛想はいっさいなしで通した。そうした事務局長の態度に、僕は好感を持ったのだが、向こうが僕にそうしたものを抱くいわれはない。


翌日、朝八時二十五分に事務局に顔を出した僕は、契約書にサインを求められた。職名はなるほどアシスト・コンダクターとなっていて、職務内容は『指揮』の一言。妥当である。

給与その他の諸条件を読んでいたとき、電話が鳴った。

「はい、ＭＨＫ交響楽団事務局です。あ、はい、おはようございます。はい、はい、あー……そうですか、わかりました。事務局長に申し伝えます。はい、よろしくお願いいたします」

物慣れた感じの女性事務員は、電話を切って事務局長を振り向くと、

「小池《こいけ》先生、遅れられるそうです」

ため息混じりの口調からして、本日の指揮者である小池征治《まさはる》氏の遅刻は初めてのことではな

いらしい。

「どのくらい遅れるって？　都内からだったんだろうな、電話は」

「大島《おおしま》マネージャーがホテルにお迎えに行ったら、先生、まだお休みだったそうで」

「昼前には来てくれるんだろうな」

僕はチェックを完了した書類に日付を書き込んで署名し、近くの事務員に提出した。

「捺印《なついん》がいりますか？」

「はい」

「では明日持参します」

「お願いします」

事務員は書類を受理し、三月二十九日付けで僕はM響団員となった。

「受付の外に出勤簿が出してありますから、出勤されたら丸をつけておいてください」

とのことだったが、出勤簿には僕の名前は入っていなかったので、空欄に自分で名前を書き込み、本日の欄にしるしをつけた。

さて、練習場はあちらのようだ。

廊下を歩き出したところで、事務局長が呼んできた。

「どこへ行くんだね。練習前に楽員に紹介するから、そこで待っていたまえ」

やれやれ、廊下で立ちんぼうとは研究員並みの扱いではないか。

練習開始まで二十分以上あるので、持ってきたスコアを眺めていることにした。小池氏が振る四月のAプログラムの曲目は、マーラーの交響曲第六番。暗譜で振れるまでにはしてきていないが、熟知するところまでは詰めてきたスコアをぱらぱらとめくりながら、自分が作り出したい夢想の音を重ね合わせて、一楽章の終わり近くまで読み進んだところでだった。

「そりゃ、マーラーかね？」

という事務局長の声に顔を上げた。

「六番？」

「ええ、そうです」

「小池先生が来るまで、代振りをやってみるかね？」

「いいですよ」

という返事になったのは、事務局長が腹の中でつけくわえた、(やれるものならやらな）というせせら笑いが聞こえたからだったが。

「いいですよ、だと？　やらせてください、もしくはお願いしますだろうが！」

事務局長はがみがみと言ってきて、続けた。

「昨日は客だったが、契約書にサインした以上、今日からきみはうちのメンバーだ。それも半人前の下っ端団員なんだぞ。態度に気をつけたまえ！」

僕は（ほう）と思いながら、

「失礼しました」

と頭を下げた。

「以後、注意します」

「わかればいい。来たまえ」

先に立って歩き出した事務局長の、すっかり薄くなっている頭頂を見下ろしながら、（楽員諸君もこのタイプだといいが）と思った。ああしたふうにはっきりものを言うメンバーが多ければ、こちらはやりやすいのだが。

しかし、期待は外れるようだった。

事務局長はきっぱり言明した『半人前の下っ端』の指揮を受けることへの不快感を、楽員たちはいたく消極的に（ゆえに陰険に）示して来て、初顔合わせは不服従とごり押しの小競り合いの様相となった。

予定時間よりさらに十五分遅れで小池氏が到着し、二十分の休憩となったチャンスに、楽員の一人がコンタクトして来た。

「指揮はどこで勉強したんだい」

あいさつは抜きで聞いてきた、好奇心が強そうな顔つきをした彼は、チェロの中ほどの席にいた記憶があるが、第三プルトだったか第四だったか定かでない。僕としたことが、自覚よりも緊張していたらしかった。

「芸大とウィーンとベルリンです」

という僕の返事に、何か返してこようとして口をひらきかけたが、事務局長がやって来て彼との話はそこまでになった。

「どうかね。M響を振った感想は」

との事務局長の質問は、さすが一流楽団ですねといった礼賛を期待していたが、あいにくと僕の評価基準は高い。

「プロ楽団としては、プライドも自覚も甘いですね」

僕は事務局長の流儀に倣《なら》って歯に衣《きぬ》着せずに申し述べ、ぴんと来なかったらしい彼のために説明をつけくわえてやった。

「プライドを優先するなら、僕が指揮台に立っているかぎり音など出すべきではありませんし、プロの楽団であることを優先するなら、僕などにかまって時間の無駄をするよりきちんと練習を進めるべきです」

目の端に入っていたチェリスト氏が、カアッと顔を紅潮させ、僕は食ってかかってきてくれることを期待したのだが、彼のリアクションは憤然としたようすで背を向けて立ち去るというもので、何の面白みもなかった。

「きみね、そういう生意気を言える立場かどうか考えてみたまえ！」

そう怒鳴りつけていった事務局長のほうが、よほど骨がある。

小池氏の練習風景というのは、振る本人にまったく覇気がないせいで、わざわざ見学するような値打ちはなかったが、そのぶん楽員たちの観察にいそしめた。

貫禄《かんろく》充分なコンサートマスターの染谷《そめや》氏は、楽員たちの信頼も厚いようで、オケの要《かなめ》としての役割をよく果たしている。難を言うならば統率力があり過ぎて、指揮者の仕事にまで手を出すきらいがあることか……いや、小池氏があの体《てい》たらくゆえの確信犯か？　ともかく手ごわいコン・マスであることは間違いない。

弦の音色は四パートともむらのない緻密さで、コントラバスも含めて演奏はきわめて正確。そうした長所が、機械的な演奏に聴こえるという短所になるのは、指揮者の腕の問題だ。

僕ならば、いまのあたりはわざとバランスを崩させる。そう、あそこの二小節ほどは第二バイオリンの音が前に出るように仕組んで、ビオラへの受け渡しにもっと立体的な表情を……

「はいはい、お疲れさん。あとは午後にしましょう。お疲れさん」

小池氏が昼の休憩入りを告げたのは、振り始めてやっと一時間という正午ぴったりだった。

「えーと、二時にしましょう。午後は二時からね。ボクは夕方のほうが調子が上がるんだ」

染谷氏に向かって得々と言いわけして、小池氏はすたこらと指揮台を降り、僕は立っていた壁際を離れて練習場の出入り口に向かった。

「やれやれ、二時までに酒が抜けるといいけどね」

という誰かのぼやきを耳に、廊下に出た。

昼食は泉岳寺の駅の近くまで出て済ませ、余った時間は途中にあった喫茶店でつぶした。ほかに客はいなかったのにカウンターへと言われた理由は、昼休みは席が混み合うからで、客のほとんどはM響の楽員たちだった。

僕に気づいた連中はそろって無視を決め込んだが、話題にはしてくれていて、聞こえよがしに言っていたのは「札束」だの「干す方針」だの「いつまで保《も》つか」といった陰口。

もちろん好きなだけ言わせておいた。

ちなみに、僕に話しかけてきた好奇心旺盛《おうせい》なチェリストは、飯田弘《いいだひろし》氏。在籍八年目の第六チェロで、第五チェロの延原好一《のべはらこういち》氏と仲がいい。(飯田氏および第五チェロのフルネームは、コーヒーを飲みに来た二人の会話から得た情報を元に、団員名簿を調べて知った)

午後の練習は午前中よりはましだったが、やはり精彩のないマーラーはあくびをかみ殺すのに苦労した。

楽員たちと同様、事務局もまた僕を無視し黙殺する構えのようで、見学用の椅子すら提供する気はないらしい。自分で調達するという手もあったが、僕は冷遇に甘んじることにした。

日本流の下積み生活というのはまだ経験がないし、契約はいつでも破棄できる。見学中はイメージトレーニングに励めばいいし、日本人同士という共通の下地があるおかげで欧米人よりも気心が読みやすい楽員たちの観察も、いい勉強材料だ。お祖父《じい》様にご苦労いただいた手前もあることゆえ、飽きるまではいてみようではないか。

そんな覚悟を決めてあったので、事務局と楽員が一丸となった完全黙殺も、僕にはべつだん苦ではなかった。孤立した立場で孤独に過ごすことには学校時代から慣れていたし、ひとつの楽団に張りついてじっくりと見学することで、思いがけない成果も得ていた。

指揮者が楽団にもたらす作用の逐一を、目の当たりに、かつ比較研究しながら学べるのだ。一流と目されている指揮者たちの人心掌握術をつぶさに見守り、その失敗や成功や失地挽回のあの手この手を、その場に立ち会って学習する……立ちんぼう生活も一ヶ月になろうとするいまでは、壁際の観葉植物ほどにも意識されない存在となったおかげで、楽員たちは僕の耳に届くことは気にせずに指揮者やソリストへの陰口をつぶやき、それがまたいい勉強になる。

だが一方で、こうした見学を続けることへの限界も感じ始めていた。

来る日も来る日もイメージトレーニングを積むだけの日々に、実際にタクトを振りたい思いが腕をむずむずさせ始めていたのだ。

むろん家でのシャドー練習は一日も欠かしていないが、しょせんは鏡に映した自分が相手のイメージトレーニングである。

(オーケストラを振りたい!)と、僕は心の底から切望した。

M響がゴールデンウィークの連休に入るころには、我慢も限界に来た気がして、僕はヨーロッパへ戻ることを考え始めた。

ベルリンで作ったツテを使えば、どこかの研究員の席は手に入る。三流までは落ちない程度に腕がある、あまり有名ではないオケがいい。何人もの研究員を置く余裕はない小さなオケを選べば、振れるチャンスも多いだろう。今日にでも電話して、情報収集を始めよう。

……その決心がずるずると日延べをくり返したのは、あれ以来、一度も振るチャンスを得ていないM響をこのまま去るのは、いかにも業腹だったからだ。

高田事務局長の頑とした黙殺の態度が変わらないかぎり、僕があの楽団を振らせてもらえる可能性はなく、高田氏が干し上げの意向を変えそうな兆しもまるでなく、つまりは何の期待も持てない状況にあることは百も承知していたが……万に一つの奇跡が起きることへの希望を、なぜか捨て切れなかった。

僕はそれを（これまでの経緯で意地になっているのだ）と分析し、（つまらない片意地に囚《とら》われていても益はない）と自分に言い聞かせ、（見切りをつけろ）と説得に努めたのだが、ついに成功には至らないまま、連休明けを迎えてしまった。

そして、奇跡は起きたのだ。

五月六日、金曜日。九日ぶりの出勤となったM響ビルの玄関を入ったとたん、異変を感じさせるざわめきを聞き取り、出勤簿をつけに寄ろうとした事務室前で、事務局長と延原氏との三人で立ち話をしていた飯田氏から「よう」と声をかけられた。

「仕事だぜ」

と飯田氏は続けた。

「キンバルがキャンセルになって、岩木《いわき》の棒で竹満《たけみつ》の新譜をやることになったんだが、センセイ、リハまで来られないんだそうだ」

とっさに（落ち着け！）と自分に命じつつ、僕は飯田氏の目から事務局長の顔へと視線を移し、捉《とら》えた目に目を合わせて尋ねた。

「スコアの手配は？」

「そ、総譜はいまファックスで。パート譜は明日までには」

おたおたと答えてきた事務局長は突発したトラブルに度を失っていて、僕のほうは、欣喜雀《きんきじゃく》躍《やく》の思いを抑えて沈着冷静をよそおうことに成功していた。

「けっこう。楽員諸君にしっかり事情を説明しておいてください。無駄にできる時間はないでしょうから」

そう釘を刺すことでこちらの落ち着きをアピールし、この場の主導権を確定させると、僕は事態の収拾に必要な情報を得るための質問をし、判断し指示を出して、僕自身の準備に取りかかった。

猶予なく直面している課題は、明後日《あさって》の日曜の夜公演と月曜のマチネーを予定していたAプログラムの練習で、曲目はベートーベンの《交響曲第四番》とシュトラウスの《英雄の生涯》

……どちらも暗譜でやれるまでに勉強済みだが、僕の役割は、エリアフ・キンバルの代役を務める外《と》川《がわ》泰三《たいぞう》氏の代振り。それも今日だけ、一日かぎりの練習代行だ。

（わざわざ外川など当てはめずに、僕を使ってくれればいいものを！）

これこそが無名の新人の悲しさというやつだと切歯扼腕《やくわん》する思いを、僕は誰にも見せない心の奥に押し込めた。

奇跡的にめぐってきたこのチャンスは、今後につながる形で活《い》かさなくてはならない。すなわちいまは、とことん冷静に、求められている『代振り』役を務め上げることだ。外川氏にタクトを渡すための縁の下の力持ちに徹することだ。

そこで僕は、以前拝聴したことがある外川指揮のベートーベン《四番》についての記憶を洗いざらい思い出すことに集中し……（僕に言わせれば、外川のベートーベンは本質的な鈍感さを浅薄な解釈主義で糊塗《こと》している、くだらない代物なのだが）……八割がたは正確な外川のコピーを振って見せることで、いまの僕が必要としている『アシスト指揮者・桐ノ院圭』への信頼作りの第一歩を成功させた。

翌週の、竹満の新譜とラフマニノフというプログラムは、新譜については作曲者本人がタクト持参で乗り込んできてくれてしまったおかげで、徹夜を重ねて仕上げた新譜読みの努力は徒労に終わった。だが反面、飯田氏ほか何人かの楽員が、僕が費やした徒労に同情を示してくれるという成果を得られたので、収支としてはプラスとなった。

そのことは、そのまた次の週末にアルマン・シュテインの代振りを務めた際、楽員の三分の一は僕のタクトについて来てくれたことで確認できた。

さらに、かの頑固一徹な高田事務局長も、僕への態度を改め始めた。あいさつの声ぐらいはかけてくるようになったのだ。

僕はお祖父様にその旨を報告し、うれしそうなお声での激励を受け取った。

ところで、M響内での地歩を固める端緒を得たこの時期に、僕にはもうひとつ、特筆すべき事件が起きていた。

……それは、気が向くと出かけていた、富士見川べりの散歩道での出来事だった。

明日からシュテイン指揮のボロディンとチャイコフスキーの練習に入るという、金曜日の夜。僕は八時過ぎに駅前の小料理屋まで晩めしを食べに行き、腹ごなしに少し歩こうと思って富士見川に向かった。

富士見という町は、戦後しばらくまでは東京の近郊農村としてやっていたそうだが、やがて通勤通学に便利な住宅地を求める開発の波がやってきて、田や畑はアパートや文化住宅へと変《へん》貌《ぼう》した。その当時は真新しいアパートや家々が立ち並ぶ高級ベッドタウンというイメージだったらしいが、それらも老朽化したいまでは、都心からほどほどの距離に低家賃で住める庶民的な町という雰囲気に落ち着いている。

マンションの七階にある僕の部屋から見える風景は、ごたごたとした家並みが広がるばかりで美観などないが、そうした町の中を流れる富士見川だけは、かつての農村風景を髣髴《ほうふつ》とさせるような緑豊かな眺めを残していた。

そこで僕は、川沿いの土手道を散歩コースに採用して、富士見橋から昭和橋までの往復を三日に一度ほど歩いていたのだが……

その音色は、突然の鮮烈な歌いかけとして僕の耳に飛び込んできた。

バイオリンである。曲は……何だったろう。聞き覚えがある気はするのだが。

だがそんな思考はちらりと頭のすみをかすめただけで、僕の意識はその甘い旋律の流れにさらい込まれ、一心に聴き入っていた自分に気づいたのは音色がやんでからだった。

(どうか続けてくれ)

と僕は願った。

願いながら、リサイタリストの姿を探した。川の向こう岸の、灌木《かんぼく》らしい茂みの陰に人影が見えた気がした。

ふたたびバイオリンが歌い始め、僕は弾き手への詮索《せんさく》は後まわしにすることにして目を閉じた。(そのことを、ほどなく大いに悔いることになるのだが)

国産の、おそらくは量産品レベルの楽器のようだった。弾き手もまた、名のある演奏家では

なさそうだったが、その音色にはなんとも言えない心地よさが満ちていて、僕は幸福な思いで《愛のあいさつ》のやさしい旋律に浸った。

……弾いている人物は、バイオリンが好きで好きでたまらないに違いなかった。

バイオリンの音色が、それで奏でる音楽が、好きで愛《いと》しくてたまらない……

曲が《歌の翼に》に変わると、リサイタリストはさらに朗々と、魂を震わせてやまない憧《あこが》れという名の感動を歌い上げ、僕はひどくなつかしい気分で昔の自分を思い出した。

恋焦がれる思いで、カラヤンが指揮するベルリン・フィルのレコードに聴き入った日々……何度くり返し聴いても、そのたびに胸の奥から突き上げてくる感動は褪《あ》せず、LP盤のほうが先に擦り切れた。

眠れないベッドの中で、カラヤンという芸術家と、彼が生み出す音楽芸術への激しい憧れに七転八倒する思いをし、自分も音楽家への道を行きたいと切なく願った夜々……

……あのころの僕は、純粋にひたすらに、音楽という芸術のすばらしさに傾倒していた。

その気持ちはいまも変わっていないつもりでいたが、あのころ僕の胸にあった憧憬《どうけい》という名の情熱を、ありありと思い出させるこの音色を聞いていると、あの時代の純粋なエネルギーを失っている自分に気づく。

バイオリニストが奏でる曲は《タイスの瞑想曲《めいそうきょく》》に変わり、僕はその甘やかな抒情《じょじょう》が湧かせる涙が、心の澱《おり》を洗い流しながら静かに目じりから伝い落ちる感触を噛み締めた。

ああ……音楽よ。わが永遠の恋慕を誘《いざな》う美しきものよ。つきせぬ崇拝を抱きしめ、この身を捧《ささ》げよう……

やがて曲は終わり、僕は名残に満ちた余韻の中で次の曲を待ちながら、（第一バイオリンに欲しい）と思った。

そうなのだ……僕が思う第一バイオリンは、ああいう音色なのだ。音楽へのすなおな崇敬と恋情に満ち、奏でる音や和音やフレーズの一つ一つに抱きしめてキスをするような情愛が込められ……バイオリンを弾くことが魂を輝かせる喜びであることを雄弁に歌い込めている、情感豊かなあの音で、M響の第一バイオリンの音色を作れたなら……たとえばチャイコフスキーは……

「ああ、いいですね。とてもいい」

一楽章ほど想像してみてつぶやいて、ふと目をあけた。次の曲は？　なぜ始まらない？　顔を上げて、向こう岸を見透かしてみた。

「いない……？」

急いであたりを見渡してみた。富士見橋のたもとの道をすっと曲がっていった人影を見たような気がしたが、定かではなかった。

「きみ！」

と声を放ってみた。

「いまバイオリンを弾いていた人！　怪しい者ではありません、僕も音楽家です！　お話ししたいことがあるのです、出てきていただけませんか！」

四度ほど呼んでみたが返事はなく、灌木の茂みのあたりには何の動きもなく、風だけが吹き過ぎた。

どうやら、さっきちらと見た気がしたあの影だったようだと、手遅れへの後悔のほぞを噛みながら、ともかく富士見橋のほうへと急いだ。小走りに橋を渡ってみたが、その先は幾つもの路地が交差する道で、見通せる範囲には歩行者の姿はなかった。

だが、もしも追いつけたなら一目でわかる。バイオリンケースを持っているのだから。

まずは橋から延びる二車線道路を行ってみた。分かれ道を見つけるたびに覗《のぞ》き込み覗き込みしながら行くうち、国道に出てしまった。

この時間にああした場所で弾いていたのだから、近くの住人に違いない。

僕は来た道を引っ返し、こんどは路地ごとに曲がって家々のあいだを歩きまわってみた。

すでに帰宅してしまっているなら（たぶんそうだろう）道で出会える確率はゼロだが、もしかしたら帰った家でも弾くかもしれない。

どんなかすかな音色でも聞き逃すまいと必死で耳を澄ませながら、その付近一帯を一時間ほども歩きまわってみたが、手がかりはなかった。

何度目かに二車線道路に出たところで、

「もしもし、そこの人」

と声をかけられた。

見れば自転車に乗った警察官だった。

「ああ、ちょうどよかった」

僕は言った。

「このあたりに住んでおられるバイオリニストをご存じないですか」

「は？」

中年の巡査は日焼けした丸顔の頬を指先で掻きながら、

「バイオリニスト？」

と首をかしげた。

「ええ、探しているのです。このあたりに住んでおられるはずなのですが」

「お名前は？」

「桐ノ院圭です」

「トウノイン……この町内にはそういった方はいらっしゃいませんね」

「あ、いえ、桐ノ院は僕です」

「ああ、失礼しました。お探しの方のお名前をお尋ねしたつもりでした」

「なるほど、それは失敬。ですが、名前はわかりません」

「はい？」

「先ほど川べりで演奏されていたのを聴きまして、ぜひお話をしてみたいと思ったのですが、あいにくと川を隔てていたものですから、声をかける前に見失ってしまいまして」

「あーその、どういった方ですか？」

「ですからバイオリニストです」

「いえ、あー……トウノインさんでしたね？　ご職業は？」

これは職務質問というやつだなと気づきながら、隠すようなことではないので答えた。

「指揮者です。M響のアシスト・コンダクターをしています」

「エムキョウ？」

とまた首をかしげた巡査氏は、クラシック音楽には疎い部類らしい。

「MHKフィルハーモニー交響楽団です。僕はそこのアシスト・コンダクターでして」

「あーあ、音楽家さんですか」

巡査は疑惑氷解という顔で笑ってみせた。

「自分はそっち方面はさっぱりだもんですから、失礼しました」

「いえ。それで、このあたりにお住まいのバイオリニストに心当たりは」

「さーて……」

自転車にまたがったまま、巡査はしばらく首の後ろを掻き、

「ああ、そうか、富士見フィルにお尋ねになってみたら？」

と提案してくれた。

「バイオリンをやる人なら、あそこの団員じゃないかな。それか、音大の学生さんか。このあたりのアパートには学生さんも多いですからね。ほら、邦立《くにたち》音大が近いんで」

学生？　いや、たぶん違うだろう。

「富士見フィルといいますと？」

「市民オーケストラってのがありましてね。市役所でよくサロンコンサートなんかをやってます。市役所に聞いてみればわかると思いますよ」

「ありがとう！」

思わず感謝の手を差し出したが、巡査氏は握手を求められることに慣れていなかった。

「いえいえ」

と制帽に手をやって、会釈代わりの敬礼をしてみせながら言った。

「ともかく、今夜はもうお帰りになってください。じつは、不審な男がうろつきまわっているという通報がありましてですね。たいへん背の高い若い男性ということで」

おやおや。

「それは失敬。念のために住所を申し上げておきましょうか？」

「いえいえ、事情はうかがいましたので。それじゃ」

「貴重な情報をありがとうございました」

巡査と別れて、マンションに帰るために国道方面へと歩き出しながら、僕は小躍りする思いで『富士見フィル』とやらを訪ねる段取りを考えた。

まずは市役所に出向いて、オケの事務局のありかを聞き、事務局に練習日を尋ねて、練習場まで出かけていって……

名前も顔も、年齢や性別すらわからない相手だが、音さえ聴ければ見つけられる。

たぶんまだ若い人物だと思うが、あるいはコンサートマスターといった立場かもしれない。この町に市民オーケストラなどというものが存在するとは知らなかったが、あの腕ならば少なくとも中堅メンバーでいるはずだ。聴けばわかる。きっと見つかる。

僕はそう信じた。

ところが案に相違して、謎のバイオリニスト探しはたいそう難航することになったのだ。


翌、五月二十一日。出勤前に市役所に寄る時間はなかったので（正確に言えば時間は作れたが、開庁前に行っても意味はない）、練習場から電話をかけた。

問い合わせへの返事は、

《今日は閉庁日で担当者がいませんので、月曜日におかけ直しください》

というものだった。

僕としたことが、役所は休みの土曜日であることにまるで気づかなかったのだ。

その日の練習を終えたあと、僕は、どこかで富士見フィルのポスターなりと発見できないものかと、富士見駅周辺などを歩きまわってみたが、富士見銀座には楽器屋もレコード屋もないことがわかった以外に成果はなかった。

オーケストラという以上、練習をする場所があるはずだったが、住み始めて一ヶ月になるこの町のことを僕は何も知らず、尋ねられる相手もいなかった。夕食場所として常連になっている小料理『ふじみ』の店主夫婦とは、それなりに世間話をしたりもする仲になっているが、あの店でオーケストラのことを聞いても無駄だろう。

日曜日、客演指揮者のシュテインは、練習日が一日しか取れない代わりとして、朝九時から夜九時までの長時間練習を敢行し、僕はドイツ語の通訳にこき使われた。あせっているせいか、彼は言葉で多くを説明したがり、しかも一風変わった比喩《ひゆ》をバイエルン訛《なまり》のおそろしい早口でしゃべるので、留学経験によりドイツ語はOKの楽員たちでさえ首をひねる有様だったのだ。

大方は機転を利かせた意訳で切り抜けなくてはならなかった通訳業務はたいへんに疲れ、その日はマンションに直帰するや、食事もせずに寝た。

月曜日。公演は夜なので、楽員は午後一時の集合。僕もその時間に行けばいい。市役所に出向いて、富士見フィルのことを聞いた。

正式名称は『富士見市民交響楽団』。文化庁の助成団体として市からの補助金を受けて運営されている楽団で、正団員が四十名、準団員が六十名ほど。

事務局の電話番号が聞けたので、練習日と練習場所を問い合わせた。今週は水・木が練習日で、場所は市民会館の練習場とのこと。ツイている、水曜も木曜もM響はオフだ。練習を見学したい旨を申し入れ、了解を得た。

シュテインのステージは、失敗というべきほどによくなかった。ボロディンもチャイコフスキーも彼が得意とする演目のはずだったが、彼が躍起になればなるほど楽員との乖離《かいり》が広がり、味も素っ気もない演奏に終わった。昨日の張りきり過ぎの練習で、反感を買ったせいだ。

翌日のマチネーも同様の結果で、アルマン・シュテインの名はたぶん招聘者《しょうへいしゃ》名簿から消されただろう。打ち上げと称する宴会には彼の姿はなく、また楽員たちも誰一人として彼を話題にはしなかったから。

かの小柄な巨匠トスカニーニは、初対面のオケにも怒鳴り散らし、彼のために組まれたNBC交響楽団では、ちょっとでも逆らった楽員は容赦なくクビにする癇癪《かんしゃく》もちの暴君として恐れられ、楽員たちが集まるバーではいつも怨嗟《えんさ》の陰口が渦巻いていたという。だが憎まれきっていたはずの『雷親父』がこの世を去ったあと、NBCの楽員たちは「俺たちのマエストロはトスカニーニだけだ」となつかしんだと伝えられている。

シュテインは、そうしたトスカニーニの流儀を理想としているのかもしれなかったが、残念ながら彼には、そこまでのカリスマ性はなかったわけだ。

そして、水曜日。

興奮のあまり夜明けを待ちかねて起床し、念を入れたうえにも念入りに身だしなみを整えて、出かける時間にまで時計が進むのを待った。富士見フィルの練習は午後一時から。開始十分前に着くように出発するのだ。

待ちくたびれるほど長い午前中を、何をしようにも手がつかないそわそわとした心地で過ごし、我慢しきれず十一時半前にマンションを出た。市民会館までは私鉄電車で二駅と徒歩少々。歩いていけば、ちょうどいい時間つぶしと運動不足の解消になる。

晴れ上がった五月の空は暑いほどの陽ざしを降らせていたが、風はさわやかな散歩日和だ。歩くという行為を楽しみながら足を運びつつ、彼と出会えたらなんと話しかけようかと考えた。

いや、『彼女』である可能性もあるのだが……だとしたら、きっぱりとした性格の勝気な女性だろう。男だとしたら、繊細なまでにこまやかな感性の持ち主だ。ナイーブで、少しばかりナーバスな性格かもしれない。

もちろん、あの音色の持ち主なら女性でも構いはしないが、男性であってくれたほうがうれしいのは無論だ。女流演奏家というのは、女性であるという部分に御しがたいウェットさがあって、正直なところ苦手である。M響でも弦では二割が女性なのだが。

問題は、女性だった場合、コン・マスまで昇格するにはかなりの難航が予想されることだ。当然その前に勧誘と入団という関門も控えているわけで、まずは入団を果たさせないことには話も進まないわけだが。

そういえば、M響の楽員採用のシステムを調べそこなっている。今日できるのは、せいぜい自己紹介ぐらいか……やれやれ。

十二時を少し過ぎたころに市民会館に着いてしまったが、もう団員たちは出てきているというので、見学者だと断わって地階にある練習場に行ってみた。

二十人ほど来ていた団員たちは一様に、胡散《うさん》臭げにちらちらと僕を見やってきたが、話しかけてくる者はおらず、かなり閉鎖的な雰囲気をうかがわせた。音出しをしているバイオリニストの中には、僕が探す人物はいないようだ。

二十分ほどしたところで、髭《ひげ》剃《そ》り跡が目立つ色白な男がせかせかと入ってきて、僕を見ると、

「見学者の方ですか?」

と声をかけてきた。

「そうです」

「ええと、入団希望の方?」

彼は僕の背の高さをじろじろと見やりながら言ってきて、その態度は愉快ではなかった。

「いえ、ただの見学です」

「取材とかでは？」

「いえ」

「あー……そうですか」

入団希望でも取材記者でもない見学とは、わけがわからんという顔でうなずいて、

「練習の邪魔にならないよう気をつけて見学なさってください」

そんな失礼なことを言ってきた男は、そのまま名乗りもせずに自分の席へ行ってしまった。

第一バイオリンの次席らしい。

開始十分前にコンサートマスターがやって来て、僕に同じ質問をした。見学者か、と。

「そうです」

と答えた僕に、

「コンサートマスターの園部《そのべ》です」

と名乗ってきたので、こちらも礼儀を発揮できた。

「桐ノ院と申します。お邪魔にならないように拝聴させていただきますので」

「音楽関係の方ですか？」

「M響のアシスト・コンダクターをしています」

「それはようこそ」

いきなり愛想を帯びた会釈は、明らかに『M響』という大看板に対してだったが、僕がこの楽団に入るわけではないので、

「どうも」

と愛想を返しておいた。

「ええと、椅子はないのかな」

「どうぞお構いなく」

「いやいや。あーちょっと、芳野《よしの》くん！　どこかに椅子が空いてないかね、こちらの方に椅子を」

芳野と呼ばれたのは、先ほどの第二奏者氏。音出しの最中だったバイオリンを置いて、そそくさとコン・マスのご用命に従った。

一時を二分ほど過ぎたころ、タクトを持った男が入ってきた。

「皆さん、おはようございます」

小太りの小柄な指揮者は、にこにこと愛想を振りまきながら彼の定位置に向かい、譜面台をはさんで団員と向き合ったところで、僕に気づいた。コン・マスが椅子に座ったまま身を乗り出し首を伸ばして、指揮者センセイに僕の情報を伝え、センセイは（あ、そう）とうなずきながら僕に上目遣いの視線を投げてきた。彼の職を横取りしたいライバル志願者だろうと警戒さ

れたようだが、そうした気はまったくありませんので。ご心配なく。

やがて始まった練習は、僕に失望のため息をつかせた。第一が六名、第二は四名の十人のバイオリニストの中に、あの音色を聴かせる弾き手はいなかったのだ。

一時間あまりの退屈を辛抱しての休憩時間。最寄の団員にバイオリンはあれで全員かと聞いてみた。

「えーと……そうですね。今回は準団員は入れてませんから」

「準団員というのは？」

「バイオリンは八人だったかな。学生やなんかで」

「ありがとう」

要領を得ない説明だったが、ようするに正団員への昇格を待つ身分といったあたりだろう。

「ああ、もうひとつ。客員のバイオリニストというのもおられますか？」

「いえ。今回のソリストは芳野さんがやりますから」

どうもここでの収穫は望めないらしかった。

僕は休憩が終わる前にと席を立ち、コン・マス氏に一応のあいさつを言って部屋を出た。信じて疑わなかった手がかりはゼロに戻り、あてにしきっていた僕は重い落胆を抱えて途方に暮れていた。

それから二週間ほど、僕は毎晩あの川べりに出かけていって、なんとか二度目の邂逅《かいこう》を得られないものかと土手道をうろついてみたが、一度だけトランペットの練習をしている高校生に出会ったのみで、何の成果も得られなかった。

　ああ……僕の第一バイオリンよ……あのとき聴いた演奏は、幻聴だったとでもいうのでしょうか？

　いや、そんなことはない。僕はたしかに現実の音としてこの耳で聴き、あの音楽への恋情にあふれた甘やかで澄みきった音色は、いまもはっきりと脳裏に焼きついている。いや、むしろ日がたつにつれて、ますます鮮やかに思い出す。

　たぶん、まだプロの演奏家ではなかろう……いまにして思えばあの演奏は、これから磨き上げられるべき粗削りさや稚拙さを多く含んでいた。だが、それらはまったく耳に障らなかったどころか、こうして思い返してみても、逆に愛しさがいや増す。

　憧れという名の情熱に満ちあふれた演奏で、僕の魂をせつなさのかぎりに揺り動かし、この僕に涙まで流させたきみよ……どうかもう一度、僕の前に姿を現してください。こんどこそ、けっして逃がしはしないから。

　きみはおそらく、持って生まれたきららかな輝きをいまだ世にあらわしていない原石の姿で、この町のどこかに暮らしているのでしょう。あるいは自分の才能を認めてくれない世間に拗《す》ねて、一度はあらわした輝きをみずから秘めてしまっているのかもしれない。

　でも僕は、きみを見つけました。こうした恋焦がれるほどの気持ちで、きみを探している。

どうか出てきてください。僕は、僕の理想のハーモニーの主部として、きみの音色で鳴り響く第一バイオリンパートが欲しいのです。そのためにはぜひとも、きみが必要なのです。

　お願いします、どうかきみを探し当てさせてください。ミューズよ、どうか……！


　日に夜に祈る思いで探し求めても、しょせんは富士見川周辺をあてずっぽうに歩きまわる以外の手段は持たず、行き場なく焦がれる気持ちは、捨てかねる希望と立ちふさがる絶望とのあいだを振り子のように揺れ動いて、苛立《いらだ》ちだけが募る。

　そんな日々が二週間にも及んだその日。

　練習帰り、いつものように夕食をとろうと『ふじみ』に寄った僕は、心配顔のおやじさんに言われた。

「先生、仕事うまくいってないのかい？」

「は？　いえ、べつに」

　僕の職業を何だと見ているのか、おやじさんは僕を『先生』と呼ぶ。

「そんならいいけどね」

　こちらに背を向けて定食の魚を焼きながら、渋いがらがら声でおやじさんは言い、続けた。

「まあ、なんてェか、余計なおせっかいかもしれねェけどさ。ここんとこ先生、やけに深刻な顔してるからね。よっぽど大変な仕事にでも出っくわしてんのかと思ってさ」

べらんめえ調が入ったぱきぱきとしたしゃべり方をするおやじさんは、ふだんは詮索口など きかない人物で、つまりはよほど気になったと見える。

「仕事は順調になってきていますよ。また干し上げを食らえばべつですが」

「へえ？　干し上げって、大学の先生でもそんなことがあるのかい？」

大学の……

「僕は教師ではありません」

「あれ、そうなのかい？　俺ァてっきり音大の先生かと思ってたよ。分厚い楽譜読んでたりするからさ」

なるほど。

「職業はオーケストラ指揮者です」

「へえ。どこの楽団に勤めてるんだい？」

会社勤めと同じように扱ってくれた言い方に、可笑《おか》しみを誘われながら答えた。

「M響というところです」

「ほう、そりゃたいしたもんだ！」

おやじさんは意外にもそんな返事をよこした。

「M響っていや老舗《しにせ》の一流だ。常任かい？」

おやおや、それなりの通らしい。

「まさか。アシスト・コンダクターという肩書きです」

「へえェ……それにしてもたいしたもんだ。三十前の指揮者なんて、いたことあったのかね」

「さあ。ところで、僕を何歳だと思っておられます？」

ヘイお待ちどうとカウンター越しに定食の盆を差し出してくれながら、おやじさんは考え顔をしかめた。

「二十五、六だろ」

「おやおや」

「もっと上かい」

「二十二です」

「へえ！　見えないねェー！」

僕は苦笑し、

「老けて見られるのには慣れています」

と自己申告した。

「そんじゃあ、M響じゃまだ下っ端かい？」

「ちょいとあんた、なに失礼なこと言ってんのさ、さっきから」

おかみさんが口をはさんできて、僕に向かってぺこりと頭を下げてみせた。

「すいませんねェ、口の悪いガラッパチで」

「俺ァ、その若さじゃァまだ入りたてだろうと思ってよ」

「ええ、まだ入団して二ヶ月です」

「だろうね、だろうだろう」

「なにえらそうに言ってんのさ」

「うるせェな。相槌《あいづち》ってやつだろうが」

テーブル席の客から「ごちそうさん、お勘定」と声がかかって、おかみさんはレジに飛んでいき、おやじさんが僕に言った。

「先生、仕事は忙しいのかい？」

「まあ、ほどほどに」

「じゃあ、無理かねェ」

つぶやいて、おやじさんは言った。

「俺の知り合いが指揮者を探しててさ」

「……は？」

相手は、いなせといった風貌《ふうぼう》の小料理屋の店主である。思わず顔を見つめてしまった僕に、おやじさんは照れくさそうに言った。

「いやね、へたくそな素人楽団なんだけどさ、世話人やってんのが昔っからの知り合いでね。

へたくそのうえにろくなギャラが払えるわけじゃねェんで、指揮のセンセイがいつかねェって
オケなんだけどさ。まあ、やってる連中はへたなりに一所懸命なわけだ。

でね？　アルバイトにもなりゃァしないだろうけど、暇なときにちょいと振りに行ってやる
なんてこたァ……無理ですかね？」

「あー、無理むり！」

言ったのは僕ではない。レジを済ませて戻ってきていたおかみさんである。

「クニちゃんとこのフジミだろ？　あんなとこの仕事頼んだりしたら、先生が気の毒だよ」

「フジミ？」

「ちゃんとした名前は『富士見市民交響楽団』ってんですけどね、このあたりじゃ『二丁目楽
団』って言ってますよ。ほら、『富士見』はべつにあるから。そっくりおんなじ名前でねェ」

「ありゃァおめェ、クニちゃんとこのほうが本家本元なんだぜ」

僕は体温が上昇していくのを覚えた。この町にオーケストラが二つある!?　では、もしや、
もしや……

「そ、そのオケの事務所は!?」

「やめときなさいよ、先生ー、あたしみたいな素人が聞いたってへただってわかるんだから」

おかみさんは言ったが、僕が興味があるのはオケではない。

「二丁目に『モーツァルト』って喫茶店があるの、知ってるかい？」

「ええ、わかります」

まだ入ったことはなかったが。

「あそこのオーナーが世話人やってて」

「ありがとう！」

立ち上がるや、勘定を済ませるのももどかしく店を出た。

土曜日の宵の口の富士見銀座は、ちょうど電車から吐き出されてきた人の流れができていて、僕は疲れた足取りの帰宅者たちを追い越し追い越し道を急いだ。

喫茶店『モーツァルト』……ああ、あそこだ！


安っぽい電気看板を脇に置いたドアの前で、僕はいったん立ち止まった。重厚に古びた木のドアは、何度か僕を誘ったものだったが、なんとなく気が向かずにいつも通り過ぎていた。

ここで手がかりが見つかるかもしれない。だが、また空振りかもしれない。いや、その公算のほうが強い。それでもいいか？　覚悟はしたか？　では、行こう。

ドアを押し、薄暗く照明された店の中に入った。

右手にカウンターがあって十席ほどのスツールが置かれ、左手にはテーブル席がいくつか。

コーヒー専門店によくあるロッジ風の造りの店内は、ドアと同じように古びてすすけた木部がいい雰囲気を出していて、外観から想像していたよりもずっと古い店だったらしい。カウンターの中で本格的なサイフォン・コーヒーを作っていた五十がらみの店主が、

「いらっしゃいませ」

とおだやかに笑った。

たぶん目的の人物だろう彼と話すために、カウンター席に腰を下ろした。

水のコップと一緒に手元に置かれたメニューには、ブルーマウンテンから始まる銘柄がずらりと並んでいる。

「ブルーマウンテンとマンデリンのブレンドというのは作れますか？」

「ええ。半々でよろしいですか？」

「はい」

わざわざそうした注文をしたのは、気を落ち着かせるためだった。喉《のど》は乾いていなかった口に、水のコップを運んだのも。

店主は手馴《てな》れた手つきでサイフォンを準備すると、壁際に並べたコーヒー缶から二つ選んで取り下ろした。

その壁に、コーヒー色にすすけた貼り紙を見つけた。

『団員募集中　富士見市民交響楽団　詳細は店主におたずねください』

僕は期待のあまりにめまいがしてくるような心地で、店主に尋ねた。

「その貼り紙ですが」

「はい？　ええ」

「ここには『富士見市民交響楽団』が二つあるのですか？」

「ええ、そうなんですよ」

店主はにこにこと苦笑してみせた。

「うちのフジミのほうが歴史は古いんですけどね、新しくできた富士見フィルのほうが活動は本格的で。うちは純粋なアマチュア・オケですが、あちらはオーディションで団員を採ってるようなセミプロ・オケでしてねェ」

「練習日は？」

「火・木・土です」

「あー、毎週の？」

「ええ。今日もやってますが、ボクは店があるもんで」

「場所はどちらですか？」

「この先の市民センターです」

言いながら、出来上がったコーヒーをカップに注ぎ、ソーサーに乗せて差し出してきた店主は、そうした質問をした僕を興味深げに見やってきたが、

「お待たせしました」

とだけ言って口をつぐんだ。

僕もそれ以上は聞かずに、黙ってコーヒーを飲んだ。

さあ、その市民センターとやらに、僕が探しているバイオリニストがいる可能性は？

百分の一……いや、千分の一？　いいや、万分の一の可能性でもいい。行ってみよう。

コーヒーを飲み終えると、金を払って店を出た。

市民センターというのはたしか、この道沿いの……ああ、あそこだ。

コンクリート三階建ての貧乏くさい建物は、まともな音楽練習室があるようには見えず……

入り口の脇の催し案内のボードにも、『会議室』という表記しかなかった。大会議室、中会議室A、B、小会議室A、B、C、D。

その大会議室の欄に、フェルトペンの文字で『フジミオーケストラ』と書きつけてあった。

場所は、三階だ。

入り口のガラスドアを押して中に入ったとたん、金管楽器の音が主な音出しの騒音が聞こえた。各々が勝手に個人練習中というところらしい。

僕は階段を上がって、にぎやかな騒音を発している部屋のドアの前に立った。

パンパンと手をたたく音が聞こえ、「すいません、皆さん、すいませーん！」と男の若い声が叫んだ。

「練習もたけなわですが、今日はこの人数のようですので、そろそろ合わせをやりましょう」

若々しいテノールの彼に応《こた》えた返事は、女性たちの声が多い。

「ごめん、あと十分待って！」

という声が、メンバーたちの返事を貫き、コン・マスらしい彼は猶予を認めたらしい。

いかにも練習不足な素人演奏のバイオリンが、キコキコと十六分音符のフレーズをやり始め、僕はフジミ・オケとやらの実力を悟った。これはまったくの素人集団だ。話にならない。

きびすを返して歩き出そうとしたときだった。

ラ・タラ・タラタラリラー！

そう華やかに始まった《アイネ・クライネ・ナハトムジーク》の冒頭を耳にしたとたん、僕は心臓をつかまれたようなショックを覚え、振り向いた。

リ・ラリ・タリラリララ〜……

第一バイオリンのパートをソロで弾いているその音色は、あの夜の、あのリサイタリストが奏でているに違いなかった。ああ、そうです、間違えようもない、この音だ！　僕は見つけた!!

喜びのあまり室内に飛び込もうとして、危うく踏みとどまった。

いや、待ちたまえ。いまここで飛び込んで、かの人に何を言うつもりですか？　あなたの音色に惚《ほ》れ込みました、と？　だからＭ響に来てください、とでも？

ああ、だめだ、だめだ！　まずは落ち着きたまえ。地に足をつけて考えなくては。

そのとき僕の頭の中にあったのは、僕にはまだＭ響の楽員採用を左右できるような権力はないということ。すなわち喉から手が出るほどに欲しいあのバイオリニストを、僕の楽員として手に入れるための条件は、何一つ用意できていないということ。

では、どうすればいい？

……答えは決まっている。

僕は回れ右して階段に向かい、一階まで駆け下りて玄関を出た。喫茶店『モーツァルト』まで道を戻り、店の前でしばし息を整えて、ドアを押した。

「いらっしゃいませ」

来た客はすべて満面の笑顔で迎える主義らしい店主は、入ってきたのがさっき帰ったばかりの僕であることに気づくと、（おやおや、お忘れ物でも？）という顔をした。

僕はカウンターの先ほどの席に腰を下ろし、

「コーヒーをください」

と注文した。

「先ほどのブレンドで？」

「ええ。ブルーマウンテンと」

「マンデリンですね？」

レシピはちゃんと覚えていますという意味だろう、にこにこっと笑ってサイフォンの準備に取りかかった彼に、僕は心臓が早鐘のように打っているのを感じながら尋ねた。

「その貼り紙は、まだ有効ですか？」

店主は僕が戻ってきた用件を悟っているかのように、

「ええ」

と答えて言い添えた。

「フジミは万年団員不足でして。楽器さえお持ちならいつでもご参加いただけますよ」

「指揮者をお探しとか」

言ってしまってから、(早まったか!?)と思ったが、もう後には退《ひ》けない。

「タクトは持っています。あー、楽器とは言いませんが」

「もしかして、練習を聞きに行ってこられたんですか？」

店主は複雑な笑みを浮かべてそれを言い、

「あのとおりの腕前のボクらなんで、長くおつき合いくださる指揮者さんはおられませんでね。ここに『指揮者募集』と書き添えたいところですが、ギャラは一回につき二千円しかお払いできません」

と苦笑した。

「会費収入だけでほそぼそとやってますんでねェ」

「会費はおいくらですか？」

「月二千円です。練習場の会議室代と指揮者さんのギャラ代と、残りは定期演奏会の会場費に積み立てさせてもらってます」

「入会金といったものは？」

「ありません」

「では今月分の二千円と、ついでに来月分もお払いしておきます」

ちょうど財布にあった四千円を差し出して、僕は言った。

「ギャラは要りません。あのオケを振りたい。よろしくお願いします」

「あー、そのう……」

店主氏は戸惑いきったようすでにここにこと笑った。

「ご質問があればどうぞ」

というか、こちらはまだ名乗ってもいなかった。

「失敬。自己紹介もしていませんでした」

そう前置きして言った。

「桐ノ院圭といいます。木偏の『桐』に病院の『院』、圭は『土』二つ。二十二歳です」

「ああ、学生さん」

店主は納得したような顔をした。

「邦立ですか？」

「芸大の指揮科にいましたが中退しまして、ウィーンとベルリンでそれぞれ一年ほど」

「あーじゃあ、いまからコンクールやなんかにお出になる？」

僕は警戒されているのを感じた。どうやらストレートに話を進めすぎたようだ。だが、彼は僕の何を警戒しているのだろう？　指揮者が欲しいのではないのか？　……例のバイオリニストを引き抜きたい下心が読まれている？　いや、ポーカーフェイスは守れているはずだ。

答えは彼のほうからくれた。

「いえね、芸大に行かれて留学まで経験された方が、なんでわざわざうちみたいな素人オケを振りたいと思われるのか、正直なところわけがわかりませんでねェ。プロを目指しておられるんでしょうが、そうした方のお役に立てるような楽団ではないんですよ、フジミは」

「週に三回、オーケストラを振れるというのは、僕にとっては大きなメリットなのですが？」

「あーその一……」

店主、いや世話人氏は何事か言いたげに口ごもり、僕は、彼が胸のうちを明かしてくるのを待った。

「つまり正直に言いますとねェ」

ええ、どうぞ。言ってください。

「こう言ってもご理解いただけるかどうかわかりませんが、ボクらは自分たちで音楽を演奏するのを楽しむために、フジミというサークルを作りました」

「ええ」

「形としましては管弦楽団ですが、音大の学生さんが何人かいる以外は、みんな趣味の素人です。フジミに入ってから楽器をやり始めたような人もいるくらいで」

「そのようですね」

僕はあのキコキコいう初心者バイオリンの音を思い出しながらうなずいた。

「音大の学生さんたちがうちに来ている理由は、アパート住まいで楽器の練習場所がないということで、でも長続きする人はめったにいません。勉強になるようなオケじゃありませんからねェ」

ふむ。

「指揮科の学生さんというのも来られたことがありますが、せいぜい一、二回でした。なにせタクトを見ている余裕なんかないような団員が半分以上ですから、振り甲斐《がい》もないってもんでしょう」

「やり方はありますよ」

僕は言ったが、世話人氏はにこっと笑って話を続けた。

「いちばん困るのは、精力的に指導しようというやる気にあふれた指揮者さんです。たとえば一日三十分は稽古《けいこ》をしてくるようにと言われて、それをちゃんとやれる団員が何人いると思いますか？　どうして稽古をしてこないのかと怒られても、家では楽器を弾けないような事情がある団員もいるんです。会社員だの主婦だの、ボクのように店をやってる仲間もいますしね。毎週一回でも練習に出てくることにさえ、みんな苦労してるんです。

そりゃァ、ボクらだってうまくはなりたいですけどねェ、でもそれよりも、下手の横好きなりに楽器を触って、真似事程度にしても曲を演奏する楽しさのほうを優先したい。

それが、いわばフジミのコンセプトなんです」

「なるほど」

「ですから、ノーギャラでもいいとおっしゃる熱意はたいへんありがたいんですが、そうしたボクらのやり方に合わせていただける方でないとですねェ」

「……ええ」

「退団者が出るんです」

ぽつんとつけくわえられたその言葉は、僕の心にひどくまっすぐに落ちて、彼が言いたいことへの透明な理解と、それが生んだやわらかな波紋を広げた。

僕は世話人氏に聞いてみた。

「そうしたアマチュアたちの趣味としての演奏サークルは、ヨーロッパではめずらしくもありませんが、日本ではそうではないのですかね」

お祖父様が設立された富士見銀行の社内オケの話は多少聞いていたが、一般のアマチュア音楽活動については、じつはまったく疎い。

「向こうで出会ったそうしたサークルは、まったくの趣味ですので、おもな活動の舞台は教会のバザーなどでのチャリティー演奏といったあたり。また腕前のほうも、演奏歴何十年というプロはだしの合奏団もあれば、楽しんでいるのは演奏する本人たちだけといった場合もしばしばの、まさにピンからキリまであるというぐあいでしたが」

世話人氏は目を細めてうなずきながら聞き取って、言った。

「まあ、入団資格は『楽器を持っていること』だけという、うちのような活動はめずらしいほうでしょうねェ。日本では、クラシック音楽はまだまだ聴く楽しみまでがせいぜいで。

映画なんかで西部劇ってあるでしょう？　ああ、ウェスタンって言うんですかね、いまは。あれにときどき出てくるんだけれども、アメリカ西部の開拓時代の村で、結婚式やなんかがあると、村人たちがバイオリンやバンジョーなんかを持ち寄って、即席のバンド演奏をやるじゃないですか。ふだんは畑を耕して暮らしてる農民のおやじさんとかがですよ、〝祝いだから、俺もいっちょやるか〟ってノリで、ひょいとバイオリンとか持ち出してくる。

ボクはね、ああいう楽しみ方をやりたいんです。へただっていいんです。それぞれが弾ける楽器を持ち寄って、歌を歌ったり手拍子したりするみたいに気軽に楽器を弾いて楽しむ。

まあフジミはオーケストラの形にしちゃってますから、そういう気軽さとはちょっと違うんですけどね。でも」

「わかります！」

僕は、思わぬところで思わぬ果実を手にしたような心持ちで、そう相槌を打った。

「音楽とは本来、聴いて楽しむものである以上に、奏でることを楽しむ遊戯の一種であったろうと思います。『音を楽しむ』と書いて『音楽』と読みますが、その『音』を楽しむ原点というのは、惚れ惚れと聴き入るような美しい音を、みずからが生み出せた瞬間の、えも言われぬ幸福感にあるのではないかと」

というところまでで言いやめたのは、世話人氏のにこにこ笑いが十倍にも深まっているのに気づいて、（可笑しがられている！）と思ったせいだ。

だが、

「ボクもそう思います」

と、世話人氏はさらに十倍にも笑みを深めながら、二度三度とうなずいた。

「たとえば、お宮さんにお参りするときの拍手《かしわで》。どういうふうに手をたたいたら一番いい音が出せるかって、つい研究しちゃいませんか？　気持ちいいパンパンって音が出したくって」

「ええ」

ええっ！

「それって、『音』ってもんに対してＤＮＡレベルでの愛着を持ってる人間っていう生き物の、本能的な欲求のあらわれなんじゃないかって……ボクは、専門的な勉強なんて何にもしてない、ただのクラシック音楽好きの一般人なんだけどね。そんなふうに思えてならなくって、それで『楽器さえ持ってくれれば誰でも参加できる市民オケ』なんて活動を始めて、いまに至ってます」

「尊敬します」

僕は言った。世辞でもなんでもない、本心での言葉だった。

「僕はプロの指揮者です。M響のアシ・コンの安月給ですが、まあプロはプロです」

M響と聞いて世話人氏は（ほう！）という顔をしたが、そこで口をはさんで話の腰を折ることはしなかった。

「ですから僕は、金を払ってでも聴きに来てもらえるような音楽、すなわち先ほどの分類によると『聴いて楽しむ』ほうの音楽を提供する立場です」

「そうですか、M響のアシ・コンさん……」

世話人氏はまぶしそうな目をしながらつぶやいたが、独り言だったので無視させてもらった。

「しかし、そういう音楽を『提供』するのが生業《なりわい》であるとはいえ、提供する側に『演奏を楽しむ』気組みがなければ、聞き手が聴いて楽しい音楽というのは生まれないと思いませんか」

「ええ……そうでしょうね」

「そのあたりが、いまのM響にはいささか欠けていると僕は思うのです」

「……はあ」

「高度なテクニックを持ち、音への感性も磨き抜かれている彼らは、もっと自分たちの演奏を楽しむべきだ。自分たちが美しい音楽を作り出す一期一会のその場その場を、もっと愛しんで喜んで楽しんでしかるべきだと、僕は思います。そうしたスタンスがないから、あれほど優秀な楽員を集めてありながら優等生的な面白みのない演奏になる。みずからが楽しんでいない音に他人の感動を呼べますか？」

ごもっともというふうに世話人氏はうなずき、僕は開陳を続けた。

「しかし楽員諸君のことばかりも言えない。僕自身にそうした音楽への捉え方があったかというと、じつはうすうすにも気づいていなかった。心の奥底というか、演奏者になりたいと願った僕の原点はそれだったのだと思いますが、自覚的な認識はしていなかった。そのことを、いま教わりました。あのバイオリニストの演奏が、ああまで僕の気持ちを惹《ひ》きつけた意味も」

僕が口を閉じると、あたりは静寂に包まれた。客は僕一人で、世話人氏は沈黙していたから。

僕はまだコーヒーが残っていたカップを取り上げて、冷えた液体を飲み下した。

「フジミには、僕自身が音楽演奏の楽しみ方を学ばせていただくというスタンスで参加したいと思います。あー、受け入れていただけるならですが」

世話人氏はコホッと小さく咳払《せき》いして、にこやかな顔を取り戻した。

「ボクらはべつに、へたくそなままでいたいわけじゃありません。さっき『手はある』とおっしゃった桐ノ院くんの指導力に、期待させてもらいましょう」

「よろしくお願いします」

と差し出した手を、カウンター越しに握り取ってくれながら、世話人氏ははにかみ顔で言った。

「フジミの設立メンバーの一人で、代表世話人という役をやらせてもらってます、石田《いしだ》国光《くにみつ》です。楽器はコントラバスですが、いまは女房に取り上げられてまして。フジミに入れ込み過ぎて店をつぶしかけたもんですからね」

「それはご愁傷様です」

僕らは理解しあった同志として固く握手を交わし、僕は次週の火曜日の練習でデビューすることになった。

「ところで団員へのご紹介なんですが、『常任指揮者』ということでよろしいですか？」

僕は週に三回を通えるかどうか考えてみて、

「けっこうです」

と返答した。

「できるだけ無遅刻無欠勤をめざしますが、M響のほうの仕事と重なったときにはご容赦ください」

「そりゃもちろん。それと、あー……M響のアシ・コンでおられることは、当面伏せさせていただいてもいいですか？　そのう、萎縮《いしゅく》する団員が出そうですんで。なんせ天下のM響ですからねェ」

「ええ、かまいません。それで、ひとつ提案があるのですが」

「はいはい」

「僕は基本的に八時からの入りということにしようと思います。七時からの一時間は、団員諸君の自主練習時間に使っていただき、後半の一時間を僕が振る。いかがですか」

「ええ、そうしましょう」

石田氏はウンウンと頭を振りながら笑った。

「仕事帰りの人たちは、なかなか七時にも間に合わなかったりしてですねェ」

「僕も泉岳寺から帰ってくる都合がありますので、八時ならば確実かと」

「そういえば、お住まいはどちらです？」

「六丁目です」

「富士見町の？」

「ええ。コンビニがある角を曲がったところのマンションです」

「そりゃアいい」

「では、火曜日に」

「ご紹介がありますので、一緒に行きましょうか」

「ではこちらに、八時十分前ということで？」

「お待ちしてます」

「よろしく」

スツールから立ち上がってしまってから気がついた。

「いま練習中の曲は？　《アイネ・クライネ》と、ほかは」

「それだけです」

「なるほど」

コーヒー代を払って店を出て、帰り道を心も軽くたどりながら、あのときうっかり口をすべらせたバイオリニストのことについて、石田氏の追及を受けなかった件を少しばかり考えた。単なる聞き逃しなのか、それとも、僕の下心を察したうえで黙っていたのか。

あの石田国光という人は、人間観察にかなりの慧眼《けいがん》を持っているようだから、読まれたと思っておいたほうがいいかもしれない。

もっとも、僕の目論見《もくろみ》を実現するには、少なくとも五年や十年の準備期間は必要だ。

(ですからどうかご心配なく。当分、諸君らの優秀なコン・マスを奪いはしません)


月曜日。チェリストの飯田氏が、休憩時間に僕をつかまえに来て言った。

「よう。なんかいいことがあったみたいだな」

彼とは一度飲みに行った仲で、洒脱《しゃだつ》な態度で斜に構えているあたりが面白みになっている彼を僕は気に入っていたし、心にあふれる幸福感を外に出したい欲求もあった。

「今夜は、あの店はやっているでしょうかね」

という言い方での誘いを、飯田氏はするりと受け止めた。

「この前の『鳥源』かい？　やってるよ」

「飯田さんのご予定は？」

「おまえさんのおごりなら、乾杯につき合ってやろうかって」

「では、招待状です」

ポケットから取り出す芝居、渡す芝居で差し出した架空のチケットを、飯田氏は澄ました顔での受け取る芝居で胸ポケットにしまった。

「ノベには黙っとけよ」

延原氏とはたいへん仲がいい飯田氏は言った。

「あいつの耳は、スピーカーに直結したマイクみたいなもんだ。吹聴したい話は、あいつにしゃべっとくのが手っ取り早いけどな」

「さては、僕が竹満氏の新譜を振らせてもらえなかったことで悔し泣きをしたというデマは、飯田さん発、延原氏演出で広まったんですね」

言ってやった僕に、飯田氏はしれっとした顔で返してきた。

「たしか提供は桐ノ院圭氏だったんじゃねェか？　あんときは」

僕は笑って飯田氏と別れた。

その夜、居酒屋『鳥源』での飯田氏との差し向かい話で、僕は明日の再会への期待を打ち明けたのだが、最初に「僕のバイオリンのありかを見つけ出した」のだといった言い方をしたために、飯田氏はしばらく楽器の話だと思い込んでいた。

「モノはなんだい？　ミッテンワルト、トゥールト、ガダニーニ、グァルネリ？　それともアマーティとか、まさかのストラディバリ？」

名器として知られる名前を挙げてきた飯田氏に、

「国産の無名ですよ」

と答えながら、なにやら誇らしい気分を味わった。

「ちぇっ、からかってるな」

飯田氏はそう腐ったが、すぐにまた言ってきた。

「それにしても、おまえさんはバイオリンかい。ガタイからいってバスだと思ってたが」

指揮者といっても、楽器の経験がない者はいない。その意味では、僕の返事は「バイオリンもチェロもやりましたし、ホルンやフルートやハープやピアノも好きです」というところだが、そろそろ本筋に行きたい。

「僕が弾くわけではありません」

とたんに飯田氏はキラキラッと目を輝かせた。

「へえ、恋人はバイオリニストなのか！　美人かい？」

飯田氏は哲学的な話題も語れるが、下世話な話のほうが好きである。

「さて、まだ顔を見ていませんので」

これは事実である。

「顔は見てない……？」

「ええ。音色を聞いて惚れまして。明日、会います」

これも事実である。

だが、双方ともかなり飲んでの帰り際、飯田氏に、

「まだ男か女かも知らないのですよ」

と言ったのは、予防線を張る意図でのかく乱情報だった。僕は相手が『彼』であることを、ほぼ確信していたから。彼とは、あの若々しいテノールの声のコン・マス。

「年寄りかもしれない」

というのも以下同文。下世話な飯田氏は、僕が見つけたバイオリニストを、僕の恋人候補だと思い込んでいて、僕はいささか微妙な立場になったと感じていた。

飯田氏がフジミのコン・マス氏を僕の恋人だと言いふらした場合、いくつかのデメリットが発生する可能性があるのだ。

ひとつには、彼は男性なので、僕との間柄はホモセクシュアルとみなされるだろうこと。ふたつめにはそのことで、いずれの目論見としている彼の入団が阻害される危惧《きぐ》。みっつめは、僕がゲイであることを事務局長がどう受け止めるかによって、僕はふたたび干し上げを食らい、さらには永久的なたなざらしに遭う可能性も否めないこと。

日本には同性愛を禁じる法律はないから、僕がゲイであることが知れ渡っても犯罪者として裁かれることはないが、フランスなどでのように個性として社会的に認知される存在として生きられるわけでもない。差別意識によって、日本の慣習刑である『村八分』といった社会的制裁を受ける公算が高いという事実は、慎重に受け止めざるを得ない。

なので飯田氏には、思い込みを修正しておいて欲しいのだ。僕は恋人を得るためにフジミに入団したのではない。

「男か女か、若いのか年寄りなのかも、明日会ってみなければわからない相手ですが、でも、あれは僕のバイオリンです。僕のオーケストラの要《かなめ》になる、一番重要なメンバーだ。ですから逃がしません」

「ああ、しっかりやんな」

飯田氏はすっかりろれつのゆるんだ口調で言い、へらへらと笑いながら続けた。

「まず犯《や》っちまうことさ、そういう相手は。俺の清美《きよみ》もそうだった。こいつは絶対逃がせねェって思ったから、とにかくベッドに連れ込んで……一発必中だぜェ～ッ」

「ですから、そうした相手ではないと言っているでしょう。音楽家同士の、音楽のみを接点としたつき合いが僕の希望するところですよ」

「わかった、わ〜かった！」

飯田氏は乱暴に手を振って、ぶつぶつと管を巻いた。

「ん〜な色気のねェ話なんかよ、したってちっとも面白くねェじゃねェかよっ。酒飲みながら音楽の話なんて、サイテー。女の話かスケベ話にゲンテーなんだっちゅーの。それが楽隊の心得ってもんだっちゅーの、いいかァ⁉︎」

「はいはい、わかりましたよ」

「よおっし！　んじゃ次はスケベ屋に行こうっ」

勢いよく立ち上がった飯田氏は、よろよろっとたたらを踏み、

「こーりゃ飲み過ぎだわー」

と自分で笑った。

「おい、帰るぞ〜、桐ノ院」

むろん僕は従った。


翌日、夜七時三十分。いったんマンションに戻ってシャワーと着替えを済ませた僕は、タク

トケースと《アイネ・クライネ》の楽譜を手に靴を履きかけて、はたと気づいた。

石田氏の口ぶりからして、本格的な指揮者があらわれたという印象を与えるのは避けたほうが無難なのではないか?

(ケースと楽譜は置いていこう)

タクトを一本だけ持っていくことにして、ケースから取り出した。楽譜はもう暗記してある。

(いや、服装もラフなほうがいいだろうか?)

初対面のオケへの礼儀として、何も考えずにスーツを着込んだが、これも変更したほうがいいかもしれない……着替えよう。

上はポロシャツにすることにし、それに見合ったボトムズを選んで穿《は》き替えた。

玄関を出て階段を下りながら、タクトを手に持って町を歩くというのは間抜けだろうと気がついた。だがケースは置いてきた。どうする?

タクトは尻《しり》ポケットに差していくことにした。これなら手に持っているよりは目立つまい。

着替えたせいで予定より出るのが遅れたので、急ぎ足で歩いたのだが、『モーツァルト』に着いて時計を見るとまだ七時四十五分だった。早過ぎた。外で待つか?

(まあ、いい)

と決めて、ドアを押した。

「いらっしゃいませ」

と言ってきたのは女性の声で、カウンターの中にいたのは声の主に違いない中年の婦人。石田氏の姿はない。

「桐ノ院さんですか？」

ご婦人はそう声をかけてきて、「はい」とうなずいた僕に言った。

「石田の家内です。主人は着替えに行っておりますので、少しお待ちくださいましね」

僕はカウンターの前まで行って、口面《くちづら》は愛想いいが目は笑っていない石田夫人に向かって、慇懃な会釈を送った。

「桐ノ院圭と申します。今日からフジミに入団します。よろしくお見知りおきください」

令夫人は案の定、少し赤くなりながら目の色をゆるめた。

「こちらこそ。ただのへたの横好きの集まりなんですけど、主人が十何年も入れ込んでやってきましたんでねェ、ご協力いただけますならありがたいですわァ。団員さんは皆さん、いい方たちですし」

「ええ、そのようにうかがっています」

そこへ店の奥のドアから石田氏があらわれた。

「ああ、ごめんなさい、お待たせお待たせ」

「いえ、少し早過ぎました」

「じゃあ行きましょうかね」

と僕に言い、

「九時過ぎには帰るから」

と夫人に言い残して、石田氏はそそくさと店を出ていった。

「失礼します」

という僕のあいさつに、夫人は「またどうぞ」と愛想笑いを返してきたが、なるべく客として来て欲しいという顔だった。

『モーツァルト』から市民センターまでは五、六分の道のりで、終始、石田氏がしゃべっていた。

「たぶん今夜は出席が少ないと思うんですよ、ほら、週の初めですしねェ。土曜日がいちばん集まりがいいんですけど、それも最近は出足がよくなくって。

団員は四十人ちょっといるんですけど、去年は定演をやらなかったせいか、幽霊団員が増えちゃいましてねェ」

「コンサートマスターはおられるんですね？」

「ええ、ええ。去年、邦立音大を卒業した人で、いまは高校の臨採教師をしながら通ってくれてます。守村悠季《もりむらゆうき》くんといって、とってもすてきなバイオリンを弾く人なんだけど、ちょっと神経が細いところがあって、四年のときに受けたオケのオーディションに落ちちゃいましてねェ。ボクらは彼ならプロに行けるんじゃないかって期待してたんですけど。あ、これはオフレコに願いますね」

「ええ」

一度はオケ入りを目指したことがあるなら、席さえ用意できれば……問題は、音大を出てから一年以上、本格的な練習はしていないだろうことだ。それでもあれだけの演奏をするということは、日ごろの稽古は欠かしていないのだろうが、いずれM響のコン・マス候補になれるようなプロ奏者として通用させるには、相応な磨き上げが必要だ。さて、どうする。

「桐ノ院くん？」

と呼ばれて顔を向けた。市民センターの入り口を通り過ぎようとしていた。

玄関を入り、階段を上っていくうちに、緊張感が押し寄せてきた。

いよいよ彼と会えるのだと思うと、抑えがたいまでに興奮が高まって、とんでもない失敗をしてしまいそうな自分に緊張が強まる。

(落ち着きたまえ。第一印象が大事なのだ。尊大には見えない程度に威厳を保ち、かつ気さくな印象を)

「ここです」

石田氏がドアの前で立ち止まり、

「さ〜て、何人来てるかなァ」

と心配そうにつぶやきながらドアノブに手をかけて、手前に引いた。

「さ、どうぞ」

と先を譲られたので、勧めに従って足を踏み出し、大股《おおまた》の二歩目で敷居をまたぎ越えた瞬間、ゴンッという音と、目の奥で散った火花。

それから一瞬置いて、ひたいの奥にじ〜んと激痛が広がり、僕は事態を理解した。

僕の身長より低く作られていた入り口の上枠に、思いきり頭をぶつけてしまったのだ。

思わず漏れてしまった呻《うめ》きにカッと赤面した顔を、患部を押さえるふりでひたいに当てた手で隠しながら、ともかく入り口をくぐった。

なんという失態！　なんたるピエロチックな初登場だ。

ジンジンと痛みが動悸《どうき》するひたいを押さえたまま、進退にきわまっていた僕を救ってくれたのは、石田氏のほがらかな大声だった。

「みなさん、新しい指揮者を紹介します！」

いっさいの委細は無視したその声で、凝結していた時間に流れが戻った。

石田氏の心配ぶりに反して二十名以上はいた団員たちが、腰掛けていた折りたたみ椅子をガタガタと鳴らして立ち上がり、とりあえず会釈した僕に、それぞれ会釈を返してきた。

彼は、まるで射るように僕の目に飛び込んできて、僕の視線を縫い止めた。

まだぽかんとしている表情で立ち上がり、僕を見上げるために顎《あご》を浮かせた姿勢のまま僕の会釈に応えようとして、そぶりにしかなっていなかった上目遣いでの会釈を返してきた彼は…

……野暮ったい黒ぶちメガネのガードを受けていてもなお、僕の目を一瞬で釘付《くぎ》けにしたほどの、優艶《ゆうえん》なる美貌の持ち主だった。さらに、吸い込まれそうな無邪気さをたたえて僕を見つめている瞳《ひとみ》の、えも言いがたい魅力……！

「え〜、わたしどもは長らく専属指揮者を持たずにやってまいりましたがァ」

耳のはたで声高にしゃべり始めた騒音を、石田氏の声だと認識して、われに返った。穴があくほど見つめてしまっていたに違いない美貌からさりげなく視線をはずして、気づかれたくない動揺の処理にかかった。

とっさの判断ではあるが、彼の表情から見て取れたのは新参者への興味だけで、すなわち彼は、いわゆる『ノーマル』であるらしかったから。

「このたび、こちらの桐ノ院さんをお迎えすることになりました」

彼がいるのは、楽員席の左端のコン・マス席。おお……運命よ……！

ドキンドキンと肋骨《ろっこつ》にぶつかるほど高鳴っている心臓を、手で押さえて鎮めたかったが、そんなみっともないしぐさを彼の目にさらすわけにはいかない。（鎮まれ）と心で言い聞かせながら、深い呼吸での鎮静を試みた。

「ご出身は東京芸術大学指揮科。ドイツとオーストリアでタクトに磨きをかけられましてェ、ええ、現在はァ、わが二丁目オーケストラの常任指揮者に就任されています」

石田氏が言い終えてから一瞬置いて、彼はつき合いの愛想笑みを作り、僕はそうした彼の表

情をがつがつと読み込んだ。

目の端に、石田氏が一歩下がったのが映り、僕に舞台を譲るしぐさだとわかったので、了解のしるしにうなずいた。

石田氏からの紹介は済んだ。次は、僕が就任のあいさつを言う番だ。

え……あいさつ？　そうだ、あいさつのスピーチだ。だが、何も考えてきていない。何も思いつけない！

うろたえる気持ちを顔に出してはならなかった。

僕は必死でポーカーフェイスを守りつつ、なんとか気を落ち着けるために、目の前に居並んだ団員諸君の顔を一人ずつじっくりと目に納めた。

そのあいだにどうにか自己紹介のセリフをまとめ上げ、タイムリミットぎりぎりなのを感じ取りながら口をひらいた。

「桐ノ院圭です。キヘンにオナジの『桐』に、病院の『院』、ケイはツチ二つの『圭』。トウインと読まれることが多いので、桐と院のあいだにカタカナの『ノ』を入れます」

ああっ、なんて愛想のない言い方だ!?

思わず彼の反応をうかがいに行こうとした目を（待て！）と引き止め、逆サイドの右端にいる人物に目をやった。（ご質問がある方はどうぞ）というふりで面々を見まわして、最後に彼に目を向けた。

目が合った。

彼はにこっと愛想を作って会釈してみせ、僕は度を失って目を逸らした。

ああっ、何をやっているのだ!?　なぜ笑みを返さなかった!　せめてうなずきぐらい!

「あーではァ、団員の自己紹介をですねェ」

石田氏の声が言い、一瞬置いて彼が立ち上がった。

バイオリンを手にすっと背筋を伸ばした彼の立ち姿は、ほっそりと華奢《きゃしゃ》な風情だが、思ったよりも上背がある。

ふっくらと形よくやわらかそうな唇が動いて、あの甘いテノールの声を発した。

「守村です。コンサートマスターをやらせてもらってます。よろしく」

その瞬間に、すかさず握手をしに踏み出していたら、その後の彼との関係はがらりと変わっていたかもしれない。

だが僕は動けず、チャンスは過ぎ去った。

彼はムッとしている顔で席に戻り、後ろの席のサラリーマンふうの男が立ち上がった。

「第一バイオリンの後藤勇二《ごとうゆうじ》です。よろしくお願いします」

てきぱきと言って席に戻った彼の横から立ち上がったのは、定年退職世代とおぼしい男性。

「おなじく、木島《きじま》といいます。まだ入団して二週間目です。よろしくお願いします」

コン・マスの隣に座っていたシルバー男性は、第二バイオリンの斉田《さいた》氏で、本日出席の第一バイオリンは三人だけということだ。

次々と立ち上がっては名乗る団員たちの簡潔な自己紹介を聞き取るふりを作りながら、僕は自分の体たらくへの苦々しい後悔を嚙《か》み締めていた。

やがて団員諸君の自己紹介が終わり、僕は彼に目を戻した。彼は退屈そうな顔でぼんやりしていて、つまりは僕への興味を失っていた。

(なんとか挽回《ばんかい》しなくては!)

失敗の数々による落ち込みを意志の力ずくで頭から追い出して、僕は彼に目を上げさせるべく手をたたいた。

パンパンッと響いた無遠慮な注目の要請に、彼はハッとした顔で僕を見上げてきた。

弱気は禁物だった。僕は指揮者なのだから。

彼の目に目を合わせて、僕は言った。

「次は音の自己紹介をしていただきます。守村さん、曲を指定してください」

「あ、はい」

と彼は鼻に手をやり、ほっそりと長い中指でメガネを押し上げながら言った。

「《アイネ・クライネ・ナハトムジーク》がいいと思います」

それから、胸の中でため息でもついたような気配。

もしや現在のレパートリーはそれ一曲だけ?

「けっこう。では、どうぞ」

僕は、これまでの練習のようすを知るために、指揮場所を引き下がって彼に全権を預け、彼は立ち上がって音合わせの指示を出した。オーボエは意外にもまともな音を出し、管《かん》はそこそこにそろった音を返したが、弦はブレがひどかった。彼は正確な音程でリードしたのだが、木島氏を始めとする初心者が足を引っ張っている。

ほどほどのところであきらめをつけて、彼は席に戻った。

「ワン、ツー」

というカウントでの指示。なるほど、指揮なしのアンサンブルでやって来たのか。

「スリー、フォー!」

出だしはまあまあそろって始まった演奏は、初心者も混じった素人たちが、指揮する指導者もなしにやって来たにしては悪くなかったが、そう思っていたそばから弦がバラけ始めた。たがいの音を聴き合うだけの余裕があるメンバーは半分もいないのだから、当然である。

それに比べると管のほうはまだ安定していたが、全体に音程は甘いし、ミスも目立った。

曲が終わるや、彼はポケットからハンカチを引き出して何度も顔を拭き、僕は恥じ入る思いらしい彼の内心を察した。

(だいじょうぶです。これからは僕がいます)

タクトを取り出して振りの構えを作ったが、通じなかったので言葉で言った。

「行きます」

それでも団員たちの何人かは戸惑いの顔を見合わせ、僕はわかりきっているはずの曲目を言わなければならなかった。

「アイネ・クライネ・ナハトムジーク」

言って、タクトを構えた。

彼は慣れたしぐさですっとバイオリンをスタンバイしたが、弓を持った手に緊張が見えた。アガっている？　そのようだ。ええ、どうぞ、息を整えて。

彼が大きく息を吸い込み、止めた。

僕は間髪の余裕を置いてタクトを振り下ろし、彼の呼吸に合わせたタイミング取りは成功した。

ジャン・ジャジャン・ジャジャジャジャジャジャンッ・ジャン・ジャジャン・ジャジャジャジャジャ……

「スタ〜ップ！」

と八小節目の半ばで止めを入れたのは、予定の行動だった。

ギクッと顔を上げた彼に、僕は言った。

「言っておきますが」

とたんに彼は目を伏せてしまい、僕はしかたなくほかの諸君に視線を移して続けた。

「音を出しているあいだは、僕から目を離さないでいただきます」

僕の視線が向いていくにしたがって団員諸君が次々と目を伏せていくさまは、まるで熱射を受けた草がしおれていくような光景で、どうやら僕は彼らを怖がらせてしまったようだが、これは今後のために絶対必要な措置なのだ。

タクトでコンコンと譜面台をたたいてスタンバイを求め、

「最初から」

と指示して振り始めた。

八小節目に入る瞬間、彼がちらっと楽譜に目をやり、僕はすかさず止めを叫んだ。

ああ、すみません。きみはスケープゴートです。

そう心の中で詫びながら、僕はわざと強く彼の目に視線を当てて言った。物事は最初が肝心で、いまがそのときなのだ。

「言ったでしょう。音を出しているあいだは僕から目を離さない！」

万やむを得ず、叱りつける口調を使うしかなかった僕に、彼はおびえた表情で顔を伏せ、僕は始めてしまった以上退《ひ》くに退けない強権の押しつけを続行した。

「諸君は、指揮者をどう考えているのか」

ああ、しまった、『指揮者というものを』と言うべきだった。

「考えを聞く気はありません。僕には僕の考えがある。そして、指揮者は僕だ」

なんたる乱暴な論法だ。しかし、これは必要な押しつけなのだ。

「指揮者は、台の上に載って棒を振っているだけの動くカカシではありません。そんなものでいいのなら、ここにはメガネ屋の前にいる電動ピエロを立たせておけばいい」

言い放った皮肉に、彼がふっと口元をゆるめた気がして、僕は声を励ました。

「僕は指揮者です。諸君は、僕のタクトの下《もと》で、死した芸術家の遺品を生きた芸術品として編みなおし、命を吹き込むんだ。僕のタクトの下で、です」

二度くり返して強調した『僕のタクトの下で』という言葉は、僕がこれからこの楽団を指導し率いていくうえで、限りなく重い意味を持つキイワードだ。

「譜面には芸術の素材はあるが、それは単なる素材だ。真の芸術は、ここと」

と、僕はタクトで自分の胸を指した。それからタクトをめぐらせて、目を上げてくれていた彼を指し、「諸君の胸の中にある」と告げつつ全員を指して、話に戻った。

「ただし、人それぞれです。そのバラバラのものを結んで一つにするのが、このタクトであり、僕の役目です」

真剣に力をこめた僕の演説に気を吞《の》まれた顔で、僕を見上げていた彼は、そのときこくっとうなずいた。無意識らしいしぐさだったが、とにかくうなずいてくれたのだ！

僕は勇気がみなぎる心地で続けた。

「ですから、これは要請ではなく命令です」

だが言ったとたん、彼の目は反抗的な色を帯びた。『命令』という言葉を使ったのは失敗だったようだ。しかし後には退けない。退いてはならない。

「音を出しているあいだは、絶対に僕から目を離さないこと。いいですね!」

僕の念押しに、彼はふいと目を背けるという反抗の態度で応えてきた。そこで僕は、なぜそうして欲しいのかを説明にかかろうとしたが、

「あのお」

と女性団員の一人が呼びかけてきて、僕から言いわけのチャンスを奪った。

「でもまだ暗譜してなくって……」

おずおずと言ってきた彼女の言葉は、運よくも説明の糸口になるものだった。

「それならそれでけっこう。次の音がわからなければ、出さなければよろしい。音を出しているあいだは、と僕は言った。それ以外のときは、どこを見ていてもけっこうです」

わかりますか? わかりますね? 僕の言っているやり方が呑み込めましたね? けっこう。では最後に一言。

「基本的に、僕がここに立つのは全員の音を合わせるとき、つまりは最終段階です。ですからそこまでは、それぞれの責任として努力してください」

沸き起こったひそかなざわめきは、僕の要求に対する異議申し立てだったが、僕は無視してスタンバイのサインを出した。

家で楽器の練習をするのは無理でも、そらで弾けるように楽譜を覚え込む努力は、やろうと思えばできるはずです。またその程度の努力はしていただけないと、僕にもやりようがない。

大半の諸君が、楽譜と首っ引きでしか演奏できないといういまの状態では、指揮者などいてもいなくても同じことだ。そしてまた、石田氏がめざす『演奏を楽しめる』レベルにも、ほど遠い。

ですが、諸君が楽譜から目を上げられるようになれば、僕が手助けできる余地も生まれます。諸君のおぼつかないリズム感をタクトで導き、和音の乱れを整え、音の羅列を意味あるフレーズに調え上げて、諸君の演奏が『音楽』になるように持っていってあげられる。

ですからどうか万障繰り合わせて僕の要求に応え、僕の指示に従ってください。努力していただいた成果は、一ヶ月もしないうちに如実にあらわれるはずですから。

それから九時ちょうどに練習を終了させるまで、僕はただ黙々とタクトを振った。暗譜はおぼつかず、楽譜を見ずに弾くことにも慣れていない諸君には、まずは僕に目を向けて弾くという状態になじんでもらうことが先決で、今夜はそこまでやれれば充分だ。

通しで四回リピートしたところで時間切れになったが、手ごたえは得られていた。音大出身の彼は当然として、第二バイオリンのたしか市山《いちやま》氏と、例の質問をした女子大生ふうの彼女……ああ、春山《はるやま》嬢だ……は、僕のやり方を遵守できるようになった。また管のほとんどは言われればやれる諸君だったことが判明し、僕は大いに胸をなでおろした。この調子ならば一ヶ月とかからずに、諸君らに僕の指導法が正しいことを証明できそうだ。

問題は、僕をにらみつけてくる彼の目の色だった。

守村悠季氏は、僕に対して、まごうことなき反感を抱いてしまっていて、しかもそれはかなり強固なレベルにまで至っているようだ。

(ああ……)

僕は顔には出さないように注意を払いながら、言いようもなく悲しい思いで嘆息した。

きみとこそ親しくなりたい僕であるのに、そのあからさまに反発してくる目の容赦なさ……

練習終了後、打ち合わせが必要だった用件で石田氏と話したあと、思いきって彼のところへ行き、バイオリンの手入れをするふりでうつむかせている顔を上げてもらうために勇気を奮って肩に触れて、言った。

「きみだけはやれていましたね」

彼……守村さんは、歩み寄りを願って選んだ僕の言葉を(ばかばかしい)と感じたようだった。

「どうも」

と口の中でつぶやいた返事の気のなさよ。

「最初から僕についてこられた人は多くないです」

という讃辞は、僕の指示を守れたことに対するものではなく(そんなことは、彼にとってはやれて当然のあたりまえだ)、反発しきった顔でいたにもかかわらず、僕が振りに込めた演奏上のニュアンスを、彼だけは驚くほど精確に読み取って、しかもきちんと自分の音に反映させてくれていたことを言ったのだが、どうやら通じていないようだ。

続けるべき言葉を探そうとしたが、ドアのところで(ちょっと、ちょっと!)と手を振っていた石田氏と目が合ってしまった。

(来て! 来て!)

と口を動かしての表情と手を振るしぐさとで呼んできた石田氏は、なにやら急ぎの用事らしくて、僕はしかたなく要請に従った。

彼のところまで行った僕を、石田氏は引っ張るようにして廊下へ連れ出し、

「お疲れさん、お疲れさん」

と背中をたたいた手で、階段口のほうへ押しやってきた。

(いや、僕はまだ彼と話が)

と思ったが、口に出す前に石田氏がしゃべり始めていた。それも僕の背中を押して歩き出そうとしながらだ。

「いやいやいや、最初はどうなるかと思ったけど、驚いた驚いた! みんなけっこう桐ノ院くんのやり方を歓迎してるよ! 驚きだけど、大成功じゃないかい!? いやはや!」

そのうれしくてたまらなそうなはしゃぎぶりをさえぎるわけにもいかなくて、僕はやむなく

彼につき合って歩き出した。彼との……守村さんとの関係修復には、石田氏の手助けが必要かもしれないという、ひそかな計算が働いた結果でもあったが。

「初めはほんとにビックリしたんだけどね。いったい何を言い出すんだ！　って思ってね。でもあれって、ほんと正解だったねェ、みんなのやる気を引き出した！　いやいや驚いた。ほんっとにたまげたよ。まさに桐ノ院マジックってところだ！」

「しかし、守村さんは気を悪くしておられました」

石田氏が息継ぎのために言葉を切った隙に、そうすべり込ませた。

「守村ちゃんが!?　そんなことないよ！　最後のほうなんか、ずいぶん乗って弾いてたじゃない」

「そうですか？」

「そうだよ！」

「そうですか……」

僕には、意地でもついて行ってやる、と言っているふうににらみ続けられた記憶しかないのだが。

「守村ちゃんも久しぶりに真剣に弾けて、楽しかったんじゃないかなァ」

ああ、真剣な目つきだったのはたしかです。しかし、あれが楽しんでいた顔であるはずは……ない。

「ま、仲良くやってください。守村ちゃんは、うちなんかにはもったいないコン・マスなんだけど、桐ノ院くんのおかげでこっちの腕が上がれば、宝の持ち腐れじゃなくなるわけで。僕はいつか彼のソロでコンチェルトをやりたいんだ。それだけの力は充分ある人だから。どうかどうか、よろしく頼みますよォ」

にこにこと言い、パンパンと僕の背中をたたいてきた石田氏には、僕の危機感はまったく理解してもらえないようだった。

店の前まで来たところで、コーヒーを飲んでいけと誘われたのだが、僕には彼の饒舌《じょうぜつ》にこれ以上つき合いたい気持ちも気力もなかった。

「今夜は失礼します」

「そう。お疲れ様でした。あっ、楽譜、楽譜！　ちょっと待ってて、すぐ持ってくるから」

原曲は弦楽曲である《アイネ・クライネ》を、フジミは管弦楽に編曲していたのだ。

五分ほど待たされて渡された、まだ温かいコピーの束には、きちんと表紙もつけてあった。

「じゃあ、また明後日《あさって》ね」

「ええ、うかがいます」

そんなあいさつで別れて、マンションに帰る道を歩き出しながら、僕は、どこでしくじったのかを考え始めた。

たぶん、彼のへそを曲げさせた最大の原因は、彼をスケープゴートにしたあの一件だろう。

しかしあのときは、コン・マスの彼を槍玉《やりだま》に挙げるしかなかったし、そのことは彼も察してくれたはずだ。そう、あのあとの僕の皮肉には笑ってくれていたし、指揮者と楽員の関係についての僕の持論にうなずいてもくれた。

だが、ならばどこでしくじったのだろう……

いっそ戻って、彼に直接聞いてみては？

そう思いついて、（だが、まだいるだろうか）と思いながら来たほうを振り向いた。しとしと降りの雨の中を、傘を寄せ合ってやってくる男女が見えた。一方は守村さんだった。相手は!?

二人は『モーツァルト』のドアの前で傘をたたみ、仲良く店に入っていった。あの髪型はフルートの川島《かわしま》嬢か？

考えてみれば当然あり得ることだったが、ショックだった。彼には恋人がいる……

（そもそもは『僕の第一バイオリン』にスカウトしたくて探し出した人だ）

僕は自分に言ってやった。

（音楽家同士としてのつき合いさえ作れれば、不足はないはずだ）

問題は、指揮者とコン・マスという両輪の関係作りに失敗していることだと、僕は自分に言い聞かせた。

今夜の僕のどこが悪かったか、よく考えろ。そしてなんとしても答えを見つけなくては！

しかし僕の思考は、守村さんと川島嬢の関係への詮索《せんさく》から離れず、ついには（ただの友達かもしれないではないか）といったなぐさめで自分をなだめるしかなかった。

それでも、自分がかの人に一目惚れしたとは認め得なかった。……危険過ぎる。


翌日、飯田氏から暗に首尾を聞かれた。

適当にごまかし、「逃がすなよ」というけしかけに、「ええ」と答えた。

もちろん逃がしてなどなるものか。


木曜日。僕は二つ失敗をやらかした。フジミの練習でだ。

ひとつめは、火曜日の練習には来ていなかったメンバーがほとんどだったので、自己紹介を求めたときのこと。

立ち上がろうとした守村さんを、

「守村さんと、春山さん、市山さんはけっこう」

と止めたのは、前回も出席していた彼らから再度の自己紹介をもらう必要はなかったし、あなた方の名前は覚えましたとアピールしたつもりでもあった。

ところが彼は、僕の止め立てで恥をかいたと感じたらしい。色白の顔を真っ赤にしてうつむいてしまい、僕は大いにあせったが、フォローのしようもない。せめて「けっこうです」と物柔らかに言っていればと後悔したが、後の祭りだった。

そしてふたつめは、練習中にルール無視の飛び込み方をしてきた、フルートの川島嬢（なんと彼女は、遅刻のドアを思いきり音高くあけただけではなく、「ごめんなさい、残業で！」という傍若無人な叫びで、完全に練習をストップさせたのだ）に、その場で注意しなかったこと。あのとき即座に「そうしたふるまいはエチケット違反だ」と言ってしまっておけば、川島嬢と個人的に話す場を持つ必要もなく、僕が彼女に興味を持つ羽目にもならず、守村さんの恨みを買うような行動に出てしまうこともなかったろうに……

ともかく顚末《てんまつ》はこんなふうだった。

終了後、彼女を呼び寄せて注意を伝えていたところへ、春山嬢が声をかけてきた。

「桐ノ院さァん、川島さんは守村さんのカノジョなんですからァ、困らせちゃだめですよォ」

笑いながらのそれは、明らかに冗談としてのからかいだったが、僕にとっては聞き捨てならない情報を含んでいた。（やはり……）

「そうなんですか」

と春山嬢に答えたところが、

「そんなんじゃありません！」

と返してきたのは川島嬢。カノジョだなんてとんでもない、と言いたげな顔だ。

「それは失礼」

と僕は詮索を詫び、春山嬢には川島嬢と話していた内容を明かして、冗談にも団員に個人的な興味があるといった誤解をされるのは迷惑である旨を、暗に申し入れた。

「あらァ、そうだったんですか〜? ごめんなさ〜い」

春山嬢はそう言って、僕への誤解は撤回してくれたが、余計な一言をつけてきた。

「だってェ、川島さんはミス・フジミですからァ」

言われて初めて、僕は、川島嬢がいわゆる美人であることに気がついた。それと同時に、彼女の気持ちはどうあろうと、守村さんのほうは惹かれているに違いない、とも。

「それじゃ、お先に失礼しま〜すゥ」

と春山嬢が去ったあと、川島嬢が聞こえよがしにぼやいた。

「ほんとに春山ちゃんったら。守村さんとは何でもないのに」

僕はそれらを聞き流すべきだった。いっさい、すべてを。

なぜなら、そこまでで得た情報とやり取りとで、守村さんと川島嬢とのことは、守村さんの一方的な片思いであるらしいことを察知できたからだ。

そしてへたに川島嬢に関われば、僕が彼女に手を出しているというふうに、守村さんに誤解される恐れがあることも推測できた。

だが僕は（もしも彼女が嘘を言っているなら？）と疑った。

女性たちのあいだでは、恋人がいることを隠すといった秘密主義がけっこう行なわれるようである。婚約でもしないかぎり友人にもオープンにしない、という彼女たちの行動原理はわからないが、ともかく女性にはそうした面があるらしい。

そして僕の目から見ても、（残念ながら！）守村さんと川島嬢は似合いであり、また彼ほどの美青年を川島嬢がなんとも思っていないはずはない。

もちろん（知ってどうするのだ）とは考えた。二人が恋人同士であるにしろ、ないにしろ、少なくとも守村さんがヘテロセクシャルであることは確実だろう。よって、おまえが腐心すべきは、守村氏とのあいだに友情ないし尊敬もしくは信頼といった関係を築き上げることであり、彼のプライベートにまで鼻を突っ込もうとするのは、とりあえずいまはまだ早い。

しかし、そうした理性の主張に反して、僕はまったく逆の行動をとった。

慇懃《いんぎん》な態度で、僕の注意は不快ではなかったかと尋ね、彼女の反応をうかがった。その理由は、川島嬢の僕に対するまなざしが、どう見ても秋波に満ちていたからだ。

ただしそれが、音楽家である僕に対するものなのか、男である僕に向けたものかはわからない。そして前者であるならファンという受け止めで片づけられるが、後者であった場合は……

彼女は守村さんをどう思っている？　それによって彼女の態度は、罪のない恋情か、罪深い浮気かに判別される。

また彼女が守村夫人になる可能性があるならば、僕は彼女とのつき合い方も考えねばならない。

（そういうわけだからだ）

と僕は自分に言いわけし、あとから思えば愚挙だった誘いを敢行した。

「ところで、時間のご都合は？　よろしければ、少し話ができたらと」

彼女はぱっと顔を輝かせた。

「お説教の続きですか？」

などと怖がるふりをしてみせたのは、簡単になびいたとは思われたくない女が使う、ためらいの演技だ。

「いえ。この楽団のようすを教えていただきたいと思いまして」

という僕の返事に、

「でしたら、喜んで」

などと勿体《もったい》をつけてみせたのも、見え透いた手口である。

「近くにコーヒーのおいしいお店があるんです」

と続けてきた彼女は、

「おごります」

と乗ってやると、はしゃぎきった声で甲高く言った。

「石田さんのお店なんです」

女性のそうした声というのは必要以上に通るもので、僕は思わず振り返り、守村さんがじっとこちらを見ていたことに気がついた。

守村さんはおそろしく傷ついた表情で、僕と部屋を出て行こうとしている川島嬢を見送っていた。

川島嬢はそんな守村さんに気づきもしない。

そして僕は……魔が差したとしか思えない自分の愚行を激しく後悔した。彼女と話したければ、何もこんなふうにわざわざ彼の前から攫《さら》うようなまねをしなくても、機会は作れたものを！

（いや、彼も誘えばよかったのでは⁉）

そう思いついたのは、部屋を出て階段を下り始めてしまってからだった。

（そうだ、一声、「守村さんもご一緒にいかがです」とでも言っていれば！　あの場合、そのほうが自然だったし、彼と話ができるチャンスでもあったではないか！）

まだ間に合う、と僕は思った。いまならまだ間に合う。いますぐ取って返せ。

しかし僕は、立ち止まることもきびすを返すこともしなかった。できなかったのだ。

恋は人を臆病《おくびょう》にするというが、それが真理であるならば、いま僕を捕らえている抗《あらが》い得ない怯懦《きょうだ》は、よほどに深々と心を侵している恋の証左に違いなかった。

立ち止まり、振り向き、出てきた部屋へと戻る。

たったそれだけの行動で、僕は決定的な破滅を免れることができるかもしれないのに、もしもそうはならなかった場合が恐ろしくて、実行に移せない。

たとえば申し出に断わりを食らったとしても、それを言うことで、川島嬢を誘ったことに恋愛感情の下心などないことだけはアピールできるはずで、それもせずにこのまま誤解を蒙るよりは、どんな罵詈《ばり》雑言《ぞうごん》もマシであるはずなのだ。

わかっている。わかっている！　だが立ち止まれないのだ、振り向けないのだ！　嗚呼《ああ》っ！

「桐ノ院さん、身長はどのくらいおありなんですか？」

川島嬢のくだらない質問に、

「……百九十二です」

と答えながら、僕は近づいてきてしまう玄関ドアを見つめた。

「やっぱり!?」

「ええ」

あれをくぐってしまったら、もう取り返しはつかない。

「いいですね～」

「不便です」

「え？」

と僕を見上げてきた川島嬢は、顔を戻せばガラスドアに鼻をぶつける位置に来ていることに気づいていないのか……あるいはドアは僕があけるものと信じているのか。

そして僕は、

「服や靴を買うときなど、不便です」

などと答えてやりながら、彼女の鼻を遭難させないためにドアを押しあけてやり、「失敬、忘れ物をしました」とでも言って取って返してしまえばいいものを、そのまま彼女について外へ出た。ああ、絶望だ……。

「もしかして、特注ですか？」

という彼女の質問を理解できずに間が空いた。

「どこにでも置いてあるサイズではありませんので」

答えながら、ふと（僕はまだ、あの守村悠季という人について何も知らない）と気づき、自分をおびえさせたものの正体を悟った気がした。

「さほど気にはしていませんが」

僕が知っているのは、彼が弾くバイオリンの音色と、顔と名前と、瑣末《さまつ》かつ少々の身辺情報だけで、彼の性格や思想やものの考え方などについては何一つ知らない。

「そういえば、おでこ、だいじょうぶでしたか？」

え、なんと？　ああ、いや、

「……ええ」

それなのに僕は、まるで手放しの没頭ぶりで、彼に……（嗚呼そう、たぶん）……恋してしまっている。

「低すぎるんですよね、基準が。ヨーロッパでは、あんなことはなかったでしょう？」

熱病に冒されるようにというたとえがあるが、まさに不可抗的な侵食に支配されている。

「ええ」

ゆえに僕の慎重なる無意識は、彼のバイオリンの音色に魅入られて、ただならない狂躁《きょうそう》状態に陥った自分を危惧し、引き止めにかかってきたのだ。

「あの、オーストリアに行かれていたんですよね。もしかしてウィーンですか？」

音楽性も容姿もあまりに魅惑的な彼は、じつは邪悪なるセイレーンやヴィナスの眷属《けんぞく》かもしれない。うっかり、のっぴきならないことにならないよう用心しろ、と。

「はい」

きっとそうだ。そうに違いない。

「ほんとにっ!?」

「ええ」

ちなみにお嬢さん、アメリカ人もよく相槌《あいづち》に使うそれが、さほど意味のない単なる常套句《じょうとうく》であることは知っていても、時として不快に感じる人間もいますので、用心したほうがいいです。

僕はべつに、きみとの会話でそうした痛痒《つうよう》は覚えませんので、気にしませんが。

「いいですね〜、うらやましい！」

ならば貴女も行けばいい。観光客は大歓迎の国だ。

「どのくらい、いらしたんですか？」

「あー……一年ほど」

「すごくステキな町みたいですね！」

「ええ、美しい街です。あー、旧市街は」

『モーツァルト』に着くまでのあいだに根掘り葉掘り聞き出された分、僕もせいぜい守村さんについての情報を聞き出すつもりだったが、なぜそんなに守村さんのことを知りたがるのかと怪しみ始めたらしいことに気づいて、それ以上の質問は取りやめた。

わかったことは、フジミの運営面を担ってきた石田氏に対して、音楽面を支えてきたのが守村さんであること。（つまり、およそ考えられるかぎりに面倒見がいいらしい）

早生まれのため、歳は二十三歳であること。（星座でいうと、山羊座もしくは水瓶《みずがめ》座もしくは魚座ないし牡羊《おひつじ》座だ。獅子《しし》座の僕と相性がいいのは……？）

新潟県の出身らしいこと。（ああ、住所を探ってみるべきだった。団員名簿はないのだろうか）

川島嬢に言わせると『気難しい人ではない』そうだが、これはあまり当てにならない。

その他、これまでの観察でわかったことは……服の趣味は可もなく不可もなく。目はおそらくかなりの近視。身長は百七十五センチほどで、『ストリングス』を購読（楽譜入れに入っているのを目撃した）。……川島嬢に恋愛感情があり、僕に反感を持っている。

ともかく、くり返し脳裏に浮かんで追い払えない（明後日の練習日、彼はどんな顔で僕を見るだろうか）という問いに答えられるのは、未来を見通せる存在だけで、いまから気に病んでもしかたないという結論で我慢するしかなかった。


土曜日。守村さんは、タクトを振っているあいだしか僕のほうを見なかった。

逆に言えば、僕がタクトを振っているあいだは、きちんと僕の指揮を見て（というより、にらんで）くれていて、指示にも律儀に従ってくれていたが、彼のバイオリンの音からはあの瑞々《みずみず》しい情感は抜け落ちていた。

練習が終わったあと、僕はしばらく待ってみたが、彼はコンタクトを求めては来なかった。川島嬢に話しかけに行くことも。

どうも内気で気弱で引っ込み思案な性格のようだが、まだデータが足りない。

いっそ逆上するまで怒らせるというのも手かもしれない。

そこで僕はその日も、川島嬢と二人で『モーツァルト』に寄り、守村さんの性格についてのデータ集めを行なった。

石田氏によると、

「ウン、彼は内気だねー。人見知りするしねェ」

とのこと。

「え？　そうですか？」

と川島嬢は疑義を提出した。

「入団する前に見学しに来たときも、気さくにいろいろ教えてくれて、人見知りって感じじゃなかったですよ？」

「コン・マスだから頑張るんだよ。最初のころは借りてきた猫みたいだったんだから」

「へえ〜……でも頑固なところは頑固じゃありません？」

「そうね、意志は強いよね。忍耐心も相当だし。自己主張はめったにしないけど、口には出さないで曲げないとこあるよね」

では深く静かにいつまでも怒っているタイプか？　やっかいな。

帰りがけに、ふと思いついたという顔で、団員名簿があるかどうか聞いてみた。

「ああ、まだあげてなかったか。ごめんなさいごめんなさい」

団内でのあだ名は『ニコちゃん』というそうな石田氏は、にこにことあやまって、さっそくコピーを作ってきてくれた。

「二年にいっぺんぐらいしか作り直さないんで、まだ載ってない人もいるんだけどね」

守村さんの住所はあった。富士見一丁目というと、あの晩さんざん歩きまわったあのあたりだが、番地によればもっと川下のほうか？　宮島アパート二〇二号室。

「この『笠井《かさい》』という人は、退団したのですか？」

名簿を手に入れたのが守村さんの住所を知るためだったのがバレないよう、質問した。

「まだお見かけしていませんが」

「うん、笠井くんと多々良《たたら》くんと……このあたりもだ。ああ、ずいぶん改訂がいるなあ。八坂《やさか》くんも木島さんも載ってないし」

「八坂？」

「今週は来てなかった？　コントラバスの」

「ええ」

「新人の大学生なんだけど、まだ二回ぐらいしか来てないんじゃないかな」

「音大生ですか」

「経済だったか商科だったかだよ。バスも始めたばっかりで。ほんとはジャズをやりたいんだそうで、あんまり熱心じゃないねェ」

「なるほど」

「なるべく早く作り直すよ。桐ノ院くんの住所や電話番号は載せていい？」

「あー……ええ、かまいません」

「そういえば、まだ入団届けを書いてもらってなかったかな」

「はい、書いてませんね」

「ごめんごめん。最近うっかりが多くってねェ、ボクも歳かなァ」


日曜日。散歩に来たという口実で、富士見一丁目界隈《かいわい》を探訪した。宮島アパートは、築三十年という感じの古びた二階建てだった。各階三部屋だから守村さんの二〇二号室は両隣あり。壁が薄そうな建物で、なるほど河原にでも出かけないと稽古はできないだろう。

守村さんが部屋にいたのかどうかは知らない。窓の外に慎ましやかに洗濯物が干してあった。下着は白と決めているらしかった。


火曜日。守村さんは一段としおれたようすで、まるで元気というものがなかった。演奏にも精気がなく、僕は体調でも崩したのかと心配になったが、ついに話しかけられなかった。

守村さんはタクトしか見てくれず、なんとかアイコンタクトを取り結ぼうとする僕の努力を、頑として拒んでいたから。

思えば初日に、コンダクターとコン・マスとしての正式な顔合わせをしておくべきだった。それをやりそこなったので、こんなふうにずるずると、話そうにも話せない始末になってしまったのだ。

（あのとき、石田氏が気を利かせてくれていれば……）

恨みがましく思って、それは責任転嫁というものだと自分を叱った。

M響でも、事務局長は染谷コン・マスへの紹介の労など取ってはくれなかったではないか。

そして僕は、帰国してまもなくのころに伊沢から呈された苦言を思い出した。

なるほど……伊沢の言うとおり、これまで下にも置かない扱いを受けることをあたりまえとしてきたせいで、僕にはひどく気働きがにぶい面があるのだ。反省しなければならない。

木曜日。いつもどおり八時五分前に練習場入りした僕は、どこにも守村さんの姿がないのに気がついた。

自主練習時間である前半の一時間は、守村さんはトレーニング・リーダーとして団員たちを指導してまわっているのがつねで、八時の総練習開始までの五分間の待機時間は、僕にとって、にこやかにしゃべり笑い、ときにしかめっ面などもする守村さんを観察できる貴重な機会だった。

ところがその日は、いつものように動きまわっている守村さんの姿が見つからず、五分間がたって音合わせに立ち上がったのは、第二バイオリンの市山氏だった。

電池式のチューナー（と、いつもの倍の時間）を使ったにもかかわらず、ピッチは微妙に狂ったままの音合わせが済むのを待って指揮場所に進み出ると、僕はまず守村さんの消息を尋ねた。

「風邪ひいたんだそうだ」

と市山コン・マス代理は言った。

「おとついも顔色悪かったしなァ」

「そうですか……」

いや、顔色には気づいていましたが。やはり体調も悪かったのだ。

「ともかく、始めます」

きみが指導してきた楽員たちの努力を、僕の指揮でまとめ上げて演奏に形作る《アイネ・クライネ》は、そろそろ仕上げの段階に入っている。風邪など早く治して、コン・マス席に戻ってください。きみの音がないと、第一バイオリンには色がない。艶《つや》も華やぎもない。灰色がちらつくだけのノイズ画面のような無味無表情さです。

練習を終え、なぜか毎回つき合うことになってしまっている『モーツァルト』に寄り、分かれ道まで川島嬢を送ったあと、僕は守村さんのアパートに行った。

むろん見舞いができるような時間ではなく、それ以前に、部屋を訪ねられるような間柄ではなく、明かりが消えている窓を少しのあいだ眺めて、マンションに帰った。いつまでも道に立っていると、また警察に通報されかねないので。

守村さんがオーケストラのオーディションに落ちたのは、神経性の急性胃潰瘍《いかいよう》で緊急入院して受験できなかったせいだと、今夜聞いた。

精神的なプレッシャーが体に出てしまうような繊細なタチの人だという情報は、もっと早く欲しかった。ひどい風邪でなければいい。僕の顔を見たくないせいでの仮病であったりしてくれるなら、どんなにうれしいか。


守村さんは土曜日には復帰してきたが、容態は悪化しているように思われた。バイオリンはまるで鳴らず歌わず、当人も、顔色はさほどひどくはないが表情がない。

今夜こそ声をかけなくてはと思った。

風邪のぐあいはどうかと尋ね、少し話をしたいと持ちかけ、僕と川島嬢はどうといった関係ではないことを説明し、誤解させたことを謝罪し、今後はコンとコン・マスとしてよい関係を築いていきたいと……

彼は『あんがい意地っ張り』だそうだが、根本的には『気がやさしい』人で、また『ノーと言うのが苦手』だそうだから、きっと話せば聞いてくれるだろう。頭を下げて和解を申し入れれば……いや、必要なら土下座してもいい。そうして頼もう。僕のコン・マスとして心をひらいてくださいと……

だが結局、僕はその夜も怯懦の檻《おり》から脱け出せなかった。

なぜこれほどまでに、たった一言の呼びかけをためらってしまうのか。

両親に逆らい親族会議を蹴《け》散らすことも辞さず、誰にも屈しない強固な意志でわが道を貫いてきたはずの僕は、どこへ行ってしまったのか。

……僕はもう自分がわからない。

週が明けての火曜も木曜も、僕は相も変わらず惰弱を重ね、すっかり自分に嫌気がさしていた、その夜……六月二十三日の木曜日の夜だ。

僕よりよほど勇敢な川島嬢から、プロポーズされた。

むろん断わったが、代わりにゲイであることを打ち明けることになった。さらに意中の人がいることも。

その人物が守村さんであることを彼女に看破されたのは、彼女のカマかけに引っかかった僕のミスだったが、疎にして漏らさぬ天網が、卑怯《ひきょう》を犯し続ける僕の頭上に降り落ちてきたというだけのことかもしれない。練習帰りのコーヒーをつき合っていたのは守村さんの情報を引き出すためだったこともバレて、罵《ののし》られたうえに泣かれるという罰を食らったのだから。

僕は彼女に、僕がゲイであることは内密にしてくれるよう頼み、彼女は自分を『女友達』として扱えという交換条件を出してきた。

僕は二つ返事で取り引きに応じたが、女性の口に戸を立てられるとは思っていなかった。

……フジミの諸君から冷笑ないし好奇の視線を浴びる自分を想像するのは難しくなく、石田氏が困り笑顔で僕の肩をたたいて言うセリフも、口調ごと思い浮かべられた。

『ごめんねェ、桐ノ院くんがゲイだってことは音楽とは関係ないんだって、ボクはそう思うんだけど、割り切りきれない人たちもいるみたいでねェ……なんていうか、よくやってくれてたのにほんとにもうしわけないんだけど、このままじゃ退団する人が出そうでさ』

それは守村さんのことに違いなく、僕はみずからそれを口にする。

『わかりました。僕が辞めます。諸君に、指揮者としてよい経験をさせていただいたとお伝えください。フジミはお世辞にもうまい楽団ではありませんが、ともに音楽を作り上げた時間は楽しかったと』

頭の中で作った自分のセリフに、ぽろっと涙がこぼれた経験など、生まれて初めてだった。

正真正銘、へたくそな楽団である。まだたった二週間あまりのつき合いでしかない。全員のフルネームを知っているわけでもなく、個人的に会話したことがある団員は一握りで、それもあいさつの延長といった程度の軽い会話だけだ。川島嬢については（彼女が自分で語った分だけは）知っているが、石田氏については家族構成も知らない。……守村さんとはついに、ろくに言葉も交わしていないままだ。

そんな、いわば袖《そで》すり合った縁に近いような浅いつき合いしかしていないというのに、僕はフジミを去るのが悲しい。去らねばならないのはさびしい……あの温かい集団から追われるのは……さびしい。

けれども自業自得というものだった。音楽家として、無名の野外バイオリニストに恋をし、ゲイである僕が守村悠季という人に一目惚《ひとめぼ》れした。音楽家としての恋が僕をフジミに出会わせ、ゲイとしての恋が、その終止符となる。どちらも僕の業《ごう》から発し、僕に帰結する。

あとは、プロローグだけで終わるらしい僕の恋に、何らかのエピローグがつけくわわるのかどうか。

（告白しよう）

と決めた。

川島嬢が約束を守っても、破っても、守村さんにすべてを告白しよう。

なぜ僕がフジミに来たか。なぜ川島嬢に近づいたのか。なぜ守村さんと話せなかったか……

全部打ち明けよう。

（そのあとのことは、流れのままにだ）

そう決めて、心が軽くなった。それは何かを喪《うしな》った軽さだったが。


そして運命の土曜日。練習終了後。

生きることに倦《う》み疲れたような顔で、バイオリンをケースにしまっていた守村さんに、僕は声をかけた。

「守村さん」

ああ……口にするだけでその甘さに舌がしびれる、恋しい名よ。

守村さんは顔は上げたが、僕の顔まで目を上げてきてはくれないまま答えた。

「……なんでしょうか」

「少し話がしたいんですがね」

守村さんはいやそうに黙り込み、だがやがて言った。

「なんでしょうか？」

ああ、天使でさえ及ばない、なんという寛容……

守村さんはそれ以上顔を上げてくれる気はないようで、僕は彼の目を見て話したかった。そばにあった椅子を引き寄せて腰を下ろしたが、やはり僕の目線のほうが高くて、見下ろす格好になった。身長差なのだ、しかたがない。

「先々週の木曜以来、練習するごとに調子が落ちてきてますが」

こんな責めるような切り出し方をしたいわけではないのだが、まずは指揮者として詰してみようと決めていた。

「はっきり言って、今日などはどん底でしょう。理由はなんですか」

メガネの奥の長いまつげの庇《ひさし》の下で、守村さんは目を凍りつかせた。

「相性がね、悪いんだと思います」

主語も述語も欠いた返事に、

「相性、ですか……」

と返した瞬間、守村さんの目の中で稲妻のような光が閃《ひらめ》いた。凶暴なまでの怒気のほとばしりだ。膝に乗せたバイオリンケースの上に置いている手が震えている。あのたおやかな音色を奏でる手が、僕への憤懣《ふんまん》に小刻みにわななく。こうして近くで見ると存外骨っぽい、男らしい手だ。

だが守村さんは口をひらこうとはしなかった。

言いたい言葉は百万語もあり、胸の中で激しく煮えくり返っているようすであるのに、それを一言も吐き出してはこない。

彼のほうから僕に物言いをつけに来るということも、あってよかったのだと気がついた。たとえば、川島嬢のことについて。この人は、それをしようとしなかった。

いや、できなかったのだろう……僕と同じように。たぶん理由は違っていたのだろうけれど。

僕は、彼と僕とが同種の生物であることをありありと実感した。感情という制御しがたい作用に支配される、『人間』という名の惰弱で愚昧《ぐまい》で哀れな生き物であるという点では、僕と彼とはまったくの同族だ。

だが彼を追い詰めた感情は、僕のそれとはもちろん違っていて、いまの状況を解決するための糸口は彼の心の中にあり、それを引き出すためには話し合いが必要だった。

僕にも憤懣やるかたなく身が震えるほどの怒りという『感情』そのものは理解できるが、何がそうした感情を生み出すかは人により場合によりさまざまで、いまの僕と守村さんとの間柄では、とても推測がつくものではない。

しかし『話し合いましょう』という言葉は、この場合、逆鱗《げきりん》に触れるようなものかもしれなかった。

そこで僕はまず、予防線となることを期待した前置きを言った。

「僕ときみとは、コンダクターとコンサートマスターの関係です。相性が悪いで済ませるわけにはいかないでしょう」

すると守村さんは、明らかに拒絶の前触れに違いない思いきりの笑顔を作って、

「ええ、すまないでしょうね」

と僕をにらみつけ、その恐ろしい言葉を吐いた。

「ですから、僕は辞めます」

……予測していなかったわけではなかった。だが彼がそれを言うのは、僕の告白を聞き、僕への認否の選択を求められたときのことのはずだった。

だから、こんなはずはない。こんなふうに、前々から考えてすでに決めているというような言い方で、その言葉が出てくるはずは……！

だが事実は事実なのだ。

守村さんはバイオリンケースを抱えて立ち上がり、僕を見下ろしてきながら言った。

「それじゃ、フジミをよろしく」

そしてくるりと背を向けるや、さっさとドアのほうへ歩き出した。

「待ちたまえ！」

とっさに叫んだが、守村さんは振り向きもせずにドアをあけて部屋を出て行き、僕が追いついたときにはもう階段を下りかけていた。

「待ってください、守村さん、まだ話は終わっていない！」

後ろから肩をつかんで引き止めて、逃げ道をふさぐために前にまわった。

守村さんは僕と目を合わせないように顔を伏せ、意地を張る口調で答えてきた。

「話なんてありませんよ。そもそも契約を結んでるわけじゃないんだし」

「しかし、きみはコンサートマスターなんですよ！」

急転直下の展開にうろたえていたあまりに、頭から叱りつける口調になってしまい、守村さんは当然カッとなった。

「必要ないでしょう、そんなもの！」

つばでも吐くように言い捨てて、ブレスをはさんで続けた。

「もし必要だとしたって、僕でなければいけない理由はない。市山さんだって、三宅《みやけ》さんだってできますよ。僕なんかよりずっと立派に！」

いま……なんと⁉

僕は涙も乾くような情けなさに襲われながら、宝石にも等しい自分の価値をまったくわかっていないらしい人の、初めて会ったときより輪郭が尖《とが》ってしまっている美貌《びぼう》を見据えた。

「……きみは自分の立場をそんなふうに考えていたんですか……」

守村さんの目の中で苦しげな色が揺らめいた。

「ええ」

と答えた声が含んでいた捨て鉢な響き。

「きみは」

どこでそこまでの挫折《ざせつ》を味わってしまったのかと、続けるはずだったセリフはさえぎられた。

「もう終わったんですかね」

僕の後ろから声をかけてきたのは、センターの守衛だった。

「あ、すいません。お世話になりました」

愛想よく言った守村さんに、

「お疲れさんでした」

と会釈を返して、再就職の嘱託雇用といった世代の守衛は、上がりきった階段から廊下へと曲がって行き、僕は、僕の横をすり抜けて行こうとした守村さんの手からバイオリンケースを奪い取った。

「なにするんです！」

取り返そうとしてきた守村さんの手を、もう一方の手でつかみ、

「来たまえ」

と宣告した。

「話なんてないって言ったでしょう！」

「きみにはなくても僕にはあるんです！」

そうだ、言いたいことが山ほどある。きみの才能のこと。僕の思い。きみへの憤り。その理由。そして僕の気持ち！

話したいことも山ほどだ。フジミのこと。音楽のこと。美のこと。愛のこと。夢と理想と現実と、ほかにも……この世界のあらゆることを、きみという人と語り合いたい。

だがきみは、僕を拒む。

僕がゲイだからではなく、おそらくは指揮者だからでも男だからでもなく、理由も言わずに闇雲に拒絶する！

そんなことは許さない。僕のどこが、何がきみを嫌悪させるのか、聞かせてもらいましょう!!

拉致《らち》する勢いでマンションに連れ込み、僕の部屋で向かい合ったが、守村さんはあくまでも強情に僕の問いかけを突っぱねた。

関係ないでしょう！　僕が何を考えようが、あんたには関係ない！　ほっといてもらいましょう！

そんな言葉で、僕との縁もフジミとのそれも、何もかもを切り捨てようとした。

僕の気持ちも思いも夢も、何一つ知らないままで。自分の才能や可能性も知りもしないで。ただ闇雲に目先の意地を張り、強情を通すことで、きみはすべてを台無しにしようとしている。

そして、まさに猫をかぶるという言葉どおりに外見を裏切る、彼の強情さ意固地さは、たとえ僕が土下座してみせようと曲げて曲がるものではなく、ならば力ずくで折りひしぐしかない。それも口先だけの強がりさえも言えなくなるほど徹底的に。

僕はワーグナーの序曲集を共犯者に使って、暴挙を実行した。階下の家からの通報で警察の邪魔など入ってはたまらないと、計算できただけの理性を保って、彼を捕らえ、犯した。

川島嬢が言っていた「守村さんもゲイかもしれない」という言葉を信じていたわけでも、そうした可能性をあてにしたわけでもない。

男である彼が、男の僕に強姦《ごうかん》されたという事態をどう受け止めるかは、まったくの未知数だ。それでも僕は彼を抱いた。必死で暴れる彼を力任せに押さえ込み、恐怖と嫌悪にすすり泣く彼のやめてくれという懇願に耳をふさぎ、彼にとっては迷惑な災難でも僕にとっては譲れない執着を、彼の体にねじ込んだ。

ヒィッ、ヒィッと瀕死《ひんし》の獣の吐息のように、きみが啼《な》く。

きみを突き犯す僕のペニスは血塗られて、罪深い僕は蹂躙《じゅうりん》し強奪する快感に酔い痴《し》れる。

曲は《タンホイザー》……神への従順より愛への忠誠を選んだ、許されざる男の物語だ。

僕も倣おう。『天国の門』に背を向けて、『地獄の門』をこじあけよう。きみという人を手に入れるすべがそれしかないのなら、僕は甘んじてその暗黒の扉をたたく。さあ、ひらけ！

「……も……やめ……許して」

屈服の言葉を吐きながらも、なお抵抗をやめないきみが、汗に濡《ぬ》れて魚のようにぬめる体を痙攣《けいれん》させた。口角に白く泡をこびりつかせた唇から漏れる喘《あえ》ぎが、不意に甘みを帯び、喘ぎに混じる呻き声が艶《なま》めかしくひるがえった。

「あっ、あっ！　……あ……ああっ……ああっ！……」

ついに僕の手に堕《お》ちたきみの体に、僕はさらに深く、抱かれる快感をえぐり込む。刻み付けて、刻み込んで、二度と消えないように、絶対に消せないように、彼に僕を憶《おぼ》え込ませた。

人生の先覚者である伊沢が、僕に『天国の門』という言葉を語ったとき、僕には、彼が言うそこが、茨《いばら》の試練に満ちた峻路《しゅんろ》の果てにひらけるものであるという認識はなかった。

僕がイメージしていたのは、ただ単にその門の姿だけ……すなわち、ふくよかな笑みを浮かべた天使たちがバラの花びらでも撒《ま》きながら、雲の上に神々しくそびえる扉をひらくと、中から聖なる光があふれ出てくるといった、日曜学校の聖書の挿絵を見るような、まことに子どもじみた発想しか持ち合わせていなかった。

だから、あの夜、地獄の門をくぐったつもりでいた僕が、じつは天国の扉をあけていたことに気づけたのは、守村悠季という人への試練と苦悶《くもん》に満ち満ちた片恋が、彼の赦《ゆる》しに救われて奇跡的な成就を見た日よりも、さらにずっとあとのことだった。

思うに、天国の門を管理する天使たちは、巷間《こうかん》に流布しているような慈愛の笑顔で幸福を振りまくエンジェルたちではなく、過酷な試練を容赦なく与え厳しくジャッジすることを生き甲斐《がい》とする、熾天使《セラフィム》とでもいった連中であるに違いない。

また彼らがあけてくれる扉の向こうには、光とぬくもりに満ちた幸福な世界が広がっていることは確かだが、一度門をくぐればずっとそこに安住できるかといえば、そうはいかない。

僕は何度、ふたたび閉じてしまった門の外に立っている自分を発見したことだろう。

ちょっとしたミスであれば、すぐにくぐり戸がひらくこともあるが、愕然《がくぜん》とする思いで深く悔いつつ必死に扉をたたいても、そう簡単には門はあかないこともある。

門の番人たちは過ちに厳しく、償いの取立てにはいっさい値引きなしなのだ。


ちなみに、現在の僕の『天国の門』は、ノックではなく呼び鈴を使う。

ボタンを押して、待つことしばし。

扉の向こうを軽い足音がやってくるのが聞こえ、かちゃりと鍵《かぎ》をあける音。

ドアがひらいて、あふれ出てきたまばゆい光が僕を包む。

「お帰り、圭。まだ雨は降ってる?」

「ただいま帰りました。いえ、もうやんでいますよ」

僕は光の中へ歩み入り、十時間ぶりに再会した僕の悠季を抱きしめる。

「ただいま、悠季」

「ん、お帰り」

とキスをする。

雪嵐

Blizzard Time

その話を圭が持ち帰ってきた夜、あいにくと僕は体調が悪かった。たいしたことじゃない。どっかで拾った風邪のせいで微熱が出て、体の節々がキシキシ痛んでたっていう、その程度の不調なんだけど。

ともかく大学からの帰りにスーパーと薬屋に寄り、夕飯を作るついでに葛根湯《かっこんとう》を飲み、圭の分としてテーブルにセットした夕食に『急ぎの洗濯物があるなら自分でしてくれるように』というメモを添えて、寝室に引き取った。

(早寝してたっぷり眠れば、明日の朝には治ってるだろう)

そんな算段でベッドに入って、うとうと眠りかけたころだった。

ヂリリリン、ヂリリリンと玄関ベルが鳴る音が、僕を眠りから呼び覚ました。

「ええ〜?　誰だい?」

メガネを探して時計を見やれば、八時を少し過ぎたあたり。宅配便かもしれない。

僕は気持ちの悪い疼痛《とうつう》にきしむ体を起き上がらせ、パジャマの上にガウンを羽織って部屋を出た。

ヂリリリンと、またベルの音。

「は〜い、はいはい、いま行きます〜」

階段を下りて玄関に向かったところで、またベルが鳴り、それからノックの音。

ところがノックと一緒に僕を呼んできた声は、圭じゃないか。

「悠季ー！　悠季ー!?　もしもーし、いないんですかー？」

どうやら飲んで来てるらしい。

「いるよ、いますよ。はーい！　いまあけるから！」

だいたい鍵は持ってるはずじゃないかとブツブツ思いながら、玄関ドアの内鍵をあけてやった。

「悠季ー？」

「はいはーい」

もうっ、ドアぐらい自分であけて入って来いよ。

ともかく中からあけてやった。

「お帰り」

と言ってやった顔の前に、巨大なバラの花束をわさっと突き出された。

「わぷっ」

もろに花芯《かしん》に顔を突っ込まされた深紅のバラから一歩下がったところへ、盛大を通り越して
巨大ってレベルの花束の向こうから、

「M響定期コンサート出演決定おめでとう！」

という、ご近所に響き渡りそうな朗々たるバリトンの雄たけび。

「ああ、はいはい、よかったね。とにかく入って！」

道を空けたら花束を渡してよこされたんで、ともかく受け取った。

「うっわ、なんだい、この重さっ」

「ええ、さすがに腕がしびれました」

「まったくもー、どっから運んで来たんだい」

「悠季、お帰りのキスを」

「こんなの抱えてて、できるかいっ」

というのは当然の抗議だったと思う。あとで数えてみたら、なんと三百本の花束で、よくぞひとまとめにくくり上げたって感じの根元の太さは、男の二の腕ほどもあったんだ。

「ずいぶん冷たいんですね」

と圭は拗《す》ね、体調の悪い僕は早いとこ、この持ち重りのする荷物を片づけたかった。

「はいはい」

としてやったキスが多少おざなりでも、圭は我慢するべきだったと思う。

でも現実はそうはならなかった。

「こうしたプレゼントも持ち帰ったのですし、もっとちゃんとしたキスをいただきたいですね」

なんて、圭は言ってきたんだ。

もちろん僕は嚙み付いた。

「まさかこれ、買ってきたんだなんて言わないだろうね！」

もちろんそうに違いなかったので、

「いったい、いくらしたわけ⁉」

とたたみかけた。

「それが僕の苦心惨憺《さんたん》へのきみからの報いですか！」

圭は言い返してきた。怒鳴り返すってほど荒い声じゃなかったけど、怒ってるのはたしかな調子で。

でも、こんな馬鹿な買い物をしてきたのは圭で、僕は体中キシキシ痛くって、しかも明日もレッスンがある。おまけに、手がかかるったらないあの進藤祐美子《しんどうゆみこ》のレッスンだったりする！

「はいはい悪かったよ。こんなドでかい花束をありがとう！　お疲れのところもうしわけないけど、風呂桶《ふろおけ》にでも浸《つ》けといてもらえるかなっ。ちょっと熱があって体中痛いんで、早く寝たいんだよっ」

とたんに圭は、うるさいほどまめまめしい世話焼き男になる……はずだったんだけど、その晩は違った。

「熱ですって？」

と僕のおでこに手を当ててきたところまでは予定どおりだったけど、

「微熱ですね」

と判定した口調には僕が期待した心配ぶりはなく、

「ともかくピアノ室へ」

と僕の肩を押した。

「ああ、花は持ちます」

あたりまえだろっ！

直径一メートルもありそうな巨大花束を抱えてピアノ室に向かった圭について行きながら、
僕はブチブチ言ってやった。

「いったいどんな曲をやることになったら、そんな花束を買ってくる気になるわけ？　バラは茎が長いほど高いそうだから、その長さだったら一本五百円は下らないだろ。いくら荒稼ぎしてるからって、そういう馬鹿げた浪費は」

「馬鹿げた浪費？」

「ああ、ごめん。でも、うれしい気持ちをあらわすにしたって、もうちょっと節度ってもんを」

「これはきみへのプレゼントですよ？」

「ああ、うん」

「……まったくわかっていませんね」

「M響の定期公演への出演が決まったお祝いなんだろ？」

「ええ。そうですが」

「だから、それぐらいお気に入りの曲を、やっとやれるって話……なんじゃ……」

言いながら僕は、自分がひどい勘違いをしていたらしいことに気がついた。

……圭はM響の常任指揮者である。だから、月に三プログラムずつやる定期演奏会のうちのAプログラムは、定例的な圭の『持ち番組』と決まっていて、しかも若い女性を中心とした固定ファンから絶大な支持を得ている圭は、自分が振る演目を自由に選べるほどの権力を築いていて……

「曲は、シベリウスの《バイオリン・コンチェルト》です」

圭が言った。

「日コンの最終審査で三位入賞を勝ち取ったあの演奏を、僕が指揮するM響との競演で再現していただくだけのことですから、あらためてのブラッシュアップなどは必要はありませんが、オケのほうはそうも行きません。

勝手ながら前日リハから入っていただくということで、十二月の十一日から十三日までの金・土・日、スケジュールを空けておいてください。土曜日は夜公演、日曜日はマチネーです」

　圭の言い方と内容からして聞き返すまでもなくはっきりしていることながら、どうにも信じがたくって、僕は聞いた。

「まさかそれって、僕が奏《や》るんじゃないよね？」

　そして圭は、

「ええ」

　とうなずいた。

「もちろん、ソリストとしての出演です。十二月のAプログラム第一部は、桐ノ院圭指揮、バイオリン・ソロ守村悠季によるシベリウスの《バイオリン協奏曲ニ短調　作品四十七》。本番は十二月十二日・十三日ですので、スケジュールを確保しておいてください」

「……無理だよ」

　僕はつぶやき、圭は眉根《まゆね》を引き寄せた。

「すでに予定が？」

「たぶんそのころ冬季講習会で」

「きみも講師を？」

「まさか。模擬試験の監督ぐらいだけど」

「ならば問題ありませんね。誰かに代わってもらってください」

ああ、そうだ、問題はそんなことじゃない！

「いまさ、十月だろ？」

「ええ」

「十二月ってのは、再来月だよ？」

「はい」

「おまけに今日はもう二十日でさ」

「そうですね」

「十二月十二・十三が本番なら、二ヶ月ないんだって知ってる？」

「間に合いますよ」

圭はこともなげに言った。

「そりゃ、きみだったら間に合うかもしれないけどね！　僕は稽古《けいこ》するにも詰めるにも時間がかかるんだよ！　だいたいM響の定期公演なんて」

「うれしくないんですか」

圭は憮然《ぶぜん》とした顔でそっぽを向き、

「そういう問題じゃないんだってば！」

と僕は怒鳴った。

「M響の定演のソロなんて、錚々《そうそう》たる有名プロにとってもひのき舞台だろ!?　僕みたいな駆け出しの新人が」

「スタップ」

「ほいほい乗れるような舞台じゃないって！」

「スターップ！」

コンダクター命令で強制的に僕の舌を止めさせておいて、圭は宣告口調で言った。

「そうした的外れな自虐的自己評価および無意味な遠慮は、以後、口にしないよう。きみがどうあってもやりたくないと言うなら、代わりはいくらでも探せますので、今夜一晩は熟慮いただいてけっこうです。むろん僕としては、色よい返事をお待ちしていますが」

そして圭はポーカーフェイスの裏でぷりぷりしながら台所に行ってしまい、僕は疼痛にくわえて寒気までし始めた肩を抱きしめながら、圭がソファの上に置きっぱなしにしていった巨大花束をスリッパの爪先で小突いた。

「ッたく、僕にどうしろって言うんだよっ」

この馬鹿でっかい花束も、M響とのコンチェルト・ソロなんてとんでもない大仕事も！

もちろん、圭がかなりの無理を押して推薦を通してくれての話に違いないから、断わったりしちゃ悪いっていうか、圭の顔をつぶしちゃうわけにはいかないっていうか、つまりは僕には選択の余地なんかないわけなんだろうけど！

「うれしさより胃痛が先に立つよっ。そもそもこんなでっかい話を、なんで、僕に何の相談もなしに決めてきちゃうわけ!?」

そう思うと腹が立って、僕は花束を蹴っ飛ばした。

ずかずかと部屋を出て階段口に向かい、階段に足をかけながら台所にいる圭に怒鳴った。

「僕はもう寝るから、戸締りと火の始末しといてくれよ！」

圭は憎たらしくもウンともスンとも言ってこず、僕は完全に頭にきながらベッドに戻った。

あーもー、熱が上がっちゃったみたいだ。明日のレッスン、どうしてくれるんだよっ。それに《シベ・コン》やったのはもう三年も前の話で、コンクールの課題曲としての演奏だったし、あれ以後いっぺんも弾いてないし。ああもうっ、圭、きみ、バイオリン演奏ってもんをなめてないかい!?

……こんなふうに、僕たちの《シベ・コン》競演は、どうにも幸先のよくない始まり方をしたんだ。


その朝、MHKフィルハーモニー交響楽団・第六チェリストの飯田弘は、一番乗りに近い早出勤をした。掲示板で確認した本日の練習場所にチェロを持ち込むや、事務局室に向かったのは、昨日の騒ぎの結末を聞き出すため。いつもより三十分も早く出てきたのも、そのためだ。

もちろん楽員には早々に発表されることだが、誰よりも先に詳細情報を仕入れて早耳ぶりを誇示してこそ、『噂のデパート』飯田弘の面目躍如というものである。

「おはよーっす」

と事務室に踏み込んで、事務局長の顔を捜した。机の前で何か考え込んでいるのを発見。すたすたと近づいて声をかけた。

「おはよーございます」

え、という顔で目を上げて、

「おはようございます」

と返してきた高田事務局長に、飯田は言った。

「また白髪が増えたんじゃないですか？」

「そりゃー白髪も増えるよ」

と事務局長はため息をつき、飯田が向けた水に乗ってきた。

「昨日の一件は聞いたかね？」

「高田さんが怒鳴ってるとこまではね」

……その一件とは、こうである。

昨日の朝、十二月のAプロのソリストに決まっていた人気女流バイオリニストのアンネ・モルターが、出演をキャンセルしてきた。理由は『おめでた』。ただし状態はめでたくなく、つわりが治まらないうえに妊娠中毒の症状があらわれたので、大事を取っていっさいの演奏活動を停止するという。

事務局ではさっそく代役探しの手はずに取りかかったのだが、報告を受けたＡプロ指揮者の桐ノ院が、自分の推薦する人物を使わせろと言い出した……

「しかし守村悠季ってのは、まだ大舞台での実績はほとんどない新人なんだよ」

ぼやくように言った事務局長のセリフは、昨日、桐ノ院大センセイに向かって怒鳴っていた中身を穏便化した焼き直しだ。

「まあ殿下との相性は、モルターよりよっぽどいいでしょうけどね。女じゃない分」

微妙にどちらの肩も持っておく言い方で、それとなく中立の立場をアピールしたのは、飯田は守村とは面識があり（あるどころか、外部のアマ・オケでの楽員仲間だ）、守村の出演が実現するなら早晩おたがいの関係はバレざるを得ず、そうなったときに守村擁護に泳げるだけの立場的な余地を確保しておくためだった。

最初から守村派であることを知られてしまっては、集めたい情報を集められなくなってしまう可能性がある。

しかし、敵もさるもの。

「飯田くんは守村悠季とも縁が深いんだろ？　フジミとかいうアマ・オケで一緒にやってるんじゃないのかね」

ありゃりゃりゃ、バレテ～ラと思いながら、飯田は悪びれない顔を作って言った。

「やっこさんについての情報なら売るほどありますよ」

「買わないよ」

と切り返してきて、事務局長は声をひそめた。

「ここだけの話ってことに頼むが、桐ノ院と深い仲だっていうのは本当かねェ」

ありゃりゃ……ま、この業界には噂好きも多けりゃ、ホモも多い。いまさら驚く事務局長じゃないってことは……すぐ足がつくあたりのことをほどほどにリークしとくか。

「深いっちゃァ深いですよ。フジミの正・常任指揮者と正コン・マスで、つき合いは長いし、マネージャーは共同だし、家もシェアして借りてるし」

「同居かね？」

「同棲《どうせい》はまずいっしょー」

「まあ、モルターの二の舞はないか」

ため息混じりのつぶやきに、飯田は思いきり吹き出した。

そりゃまあ、やっこさんがいくら励もうと、孕《はら》ませるのは無理だわな。

「んじゃとにかく、M氏で決まりってことですか」

「あの鉄面皮でブルドーザー並みに押しまくられちゃ、こっちだって自分がかわいくなるよ」

「なんちゃって、しっかり元は取るんでしょうが」

守村は、コーラ会社のCM出演で顔が売れている。ポスターに顔写真が載れば、M響は新しい客層を開拓することになるかもしれない。

ところが高田の遠謀深慮は、飯田の読みを超えていた。

「再来年のAプログラムも通年、桐ノ院で行くよ」

「そりゃ……事務局長もワルですなァ」

守村をコンチェルト・ソリストに使う交換条件として、桐ノ院は再来年のスケジュールを呑《の》まされたのだ。

「なんの。わたしゃ二年は押さえてやろうと思ったのに、あっちのほうが上手《うわて》でね。毎年十二月はソリストを指名させろなんて、呑める話じゃないだろうが」

「そのうち、コンチェルトは全部、ソリスト指定でやりたがりますぜ」

「生島高嶺《いくしまたかね》を引っぱれるんなら、そこだけは乗るけどね」

「ああ、そりゃ殿下より守さん使ったほうが早いんじゃないですかね」

「あっちとも知り合いかね」

呆《あき》れた尻軽《しりがる》だと思ったらしいので、守村の名誉のために言ってやった。

「殿下つながりらしいですがね、ちょっと前にカーネギーで競演してますよ。サムソンが出してる生島のライブ盤CDに入ってて」

なかなかの演奏だと言う前に、事務局長が大声で叫んだ。

「安田《やすだ》くん、おい安田くん！　生島高嶺のライブ盤の中に、守村くんが競演してるやつがあるそうだから、大至急探してくれ！　サムソンレコードだよ！」

「は〜い」

と答えてきたベテラン事務員がさっそく立っていくのを見送りながら、飯田は（悪い辻占《つじうら》じゃねェな）と思っていた。事務局長が守村を『くん』付けで呼んだことだ。

彼が演奏家をフルネームの呼び捨てで言っているあいだは、その名前はまだ名簿上の識別記号でしかない。それがモルターとか桐ノ院とかいう姓だけでの呼び捨てになるのは、（とくに新人の場合は）一度はＭ響のステージを踏んで、姓だけで間違いなく通じるようになっていることが条件。そこに『くん』や『さん』がつくのは、なじみが足りない他人行儀を意味するが、ともかくフルネーム呼びよりは身内寄りの認識というわけだ。

「ところで曲は？」

「変更なしだ。シベリウスの《コンチェルト　ニ短調》だよ。桐ノ院も、それで話をつけると言ってた。彼は去年から《シベ・コン》をやりたがってたしな」

もしかして……と飯田は思った……モルターのリタイアが、守さんと《シベ・コン》をやりたいがための、やっこさんの呪いのせいだったとしても、俺は驚かねェな。

「守さんの《シベ・コン》は聴いてますよ」

「日コンのファイナルのときのだろう？　三位入賞程度じゃ保険にゃならんよ」

公演収入で切り盛りするプロ・オケの運営事務局長殿の、演奏家に対する値踏みはシビアだ。

おしゃべりを切り上げて事務室から出たところで、殿下とかち合った。

桐ノ院圭に『電柱殿下』というあだ名を奉ってやったのは飯田である。由来はもちろん百九十二センチという日本人離れした長身と、その尊大そのものの態度にあり、当初は必ずしも好意的な命名ではなかったが……音楽雑誌でM響内でのエピソードとして紹介されて以来、ファンのあいだでは、若くて背が高くて足が長くて顔がよくて、愛想がないところも「ステキ！」らしい『クラシック音楽界の王子様』への、ハートマーク付き愛称として定着したらしい。

「よう、殿下。守さん、オッケーだって？」

委細は省いてそう聞いてやった飯田に、桐ノ院はなにやらほろ苦い顔をした。断わられたというのではなさそうだが……

「なんだよ、乗り気じゃねェのか？」

とカマをかけてみたら、図星だったらしい。

「準備期間が足りなくて、詰めが間に合うかどうか自信がないと」

「泣かれたが押し切った、ってか？」

「言い渡されたんです」

「およ、開き直ったかい。守さんも強くなったねェ」

「ええ」

うなずいた目をふとさまよわせて、桐ノ院はつけくわえた。

「昔とは別人のようだ」

飯田は遠慮なく吹き出してやった。

「おいおい、『昔はあいつも可愛かったのに』ってかい？　そりゃ坂本《さかもと》の口癖だ」

Ｍ響一の恐妻家として知られるビオラ弾きを引き合いに出してからかってやったら、

「僕は尻に敷かれてなどいませんし、守村さんの気の強さは本性です」

とムキになったので、さらに突いてやった。

「その『本性』を隠してたところが可愛かった、って話だろうがよ」

「いいことだとは思っていますよ」

桐ノ院はまじめな受け答えで返してきた。

「彼の欠点は、自分に自信が持てないことだった」

「いまも自信満々には見えねェけどな」

「いえ、音楽面はそうでもなくなってきましたよ」

桐ノ院は言って、つと飯田の目に目を合わせてきた。

「十二月の練習はかなりてこずることになるかもしれません」

つまり守村は、我の強いわがままソリストとして登場してくるというのか？

「おいおい、そこは亭主関白でなんとかしろや」

と言ってやったところが、殿下しゃあしゃあといわく。

「そこを亭主関白で押し切りますと、ベッドの中で喧嘩《けんか》になります」

とっさに飯田はあたりを見やり、

「おい、アブねェよ」

と、これはまじめに忠告してやった。

「事務局長がおまえさんたちの仲を気にしてるんだ。壁に耳ありと思っとけ」

するよ殿下は、常時着用のポーカーフェイスの目の奥で不敵に笑ってのたまった。

「事務局側からの契約破棄でしたら違約金を払う必要はありませんし、サムソンが小躍りしてスケジュールを埋めにきますよ」

「どうだかァ？　ＭＨＫの全国ニュースで大々的にクビの理由を報道されて、世界中から総すかんを食らうかもしれねェぞ」

もちろん冗談である。なにせ公共放送がゲイ・バッシングなどやったら、民放各局の格好な槍玉《やりだま》に挙げられて、そちらのほうで大騒ぎになる。

「しかし、守村さんは気にされるでしょう。困りましたね」

けっこう本気らしい弱音を吐いてみせた殿下の思惑は、飯田の手腕を活用しようということだろうが、

「ゲストへの陰口を聞こえるように言う馬鹿はいねェよ」

とかわしておいた。

「そういうことも覚悟のうえでの競演だろ」

とは、自分の女房のことで人を頼るような甘い根性でいられては困る、桐ノ院への釘刺《くぎさ》しだ。

「もちろんです」

と桐ノ院は肩をそびやかし、事務室に入っていった。

……なんか、あぶなっかしいねェ……

飯田は思い、

(ま、いざとなったら一肌脱ぐさ)

と腹の中でつぶやいた。


圭が、とんでもない花束を添えて、とんでもない話を持ち帰ってきた翌日。

どうにか風邪熱も治まっていつもどおりに出勤した僕は、とりあえず福山《ふくやま》先生のところへ報告に行った。

福山正夫《まさお》先生は、僕が非常勤講師として勤務する邦立音大バイオリン科の教授で、僕の大学時代からの恩師であり、卒業後に挑戦したコンクールや、その後の留学や、いまの職のお世話をいただくなどの数々の恩義が積もって、昔以上に頭が上がらなくなっている。

もっとも教師業のほうでは相変わらず師匠と弟子の関係だが、演奏家としてはいちおう独り立ちさせていただいている格好なので、今回のような話はご報告するだけだ。

というか、演奏活動のことでやたらなご相談を持ち込むと、「いつまでも俺に頼るな」と怒られるんだ。

ただし、「こういった話が来ました」とか「こういった演奏会に出演します」とかいった報告を怠ると、これまたおかんむりになられて、先生お得意の皮肉たっぷりないやみ攻撃を食らう羽目になる。まあこっちもいいかげん顔の皮が厚くなって、(あ〜あ、まただよ)なんて流し方をするようになってるけど。

とにかく気難しい福山先生との、ちょうどいい距離のとり方というのは、相変わらずよくわからない研究課題であり、悩みの種だ。

さて、教授室をお訪ねして、ちょうど机にいらした先生に、まずは「少しお時間をいただいてもよろしいでしょうか」と打診した。

「おう、なんだ」

「ご報告ごとができまして」

先生は時計を見やってうなずかれ、僕も手短にやるつもりで話し始めた。

「M響の定期公演のお話をいただきました」

「ほう。事務局からか」

「いいえ。ですのでまだ正式な出演交渉ではなく、個人的な打診といったところですが」

「あいつが持ってきた話か」

福山先生はそう顔をしかめられ、(あいつとは、圭のことだ)、

「いつだ」

と聞いてこられた。

僕は、そんな短期間で稽古を間に合わせられる気かと、怒鳴り飛ばされる予感にびくつきながら言った。

「十二月の中旬です」

先生はバカモンとはおっしゃらなかった。

「穴埋めか」

「あ、はい。アンネ・モルターさんのピンチヒッターということだそうで」

「まあ、新人にまわってくる大舞台なんぞ、ワケありと決まっとる」

先生は伸びをするように椅子の背にもたれかかりながらおっしゃり、

「二ヶ月近くも稽古がやれるのは運がいい」

とお続けになって、よいせと立ち上がられた。

レッスンに行かれるお時間らしく、傍らの置き台からバイオリンケースを取り上げられながらお尋ねになった。

「曲は選べるのか」

「いえ、シベリウスのコンチェルトをという話で」

とたんに先生は鼻をかんだようなブッという音を立てられた。吹き出したのか？

でも、バイオリンケースを持ってこちらをお向きになったときは、もういつもの仏頂面で。

「あいつはヘビ年かサソリ座の生まれだろう」

と圭を皮肉って出て行かれた。

「僕と同じ亥《い》年の獅子座でーす」

なんて返事は、先生の前ではぜったい言えないけど。

それにしても、う〜ん……いまの皮肉は、よくわからない。お笑いになった（らしい）わけもだ。《シベ・コン》はモルターさんがやるはずだった曲で、差し替えをしないのは僕もやった曲だからで……何か変だろうか？

ともかく先生のご了解はいただけたので、安心して練習にかかれる。


レッスン室に向かう廊下を歩きながら、昔より広くなったひたいに昔と変わらぬ癇性《かんしょう》の相を浮かべた福山正夫バイオリン科教授は、愛弟子《まなでし》がまたしてもつかんだビッグチャンスと、それを咥《くわ》えて来たそうなノッポなつれあいのことを考えていた。

（守村というやつは、何のかんのいいながら運がいい）

大学時代の守村は優秀な勉強家だったが、地方出身で純粋かつ内省的な学生がよく陥る劣等感を解消できず、伸びるべき素質を萎縮《いしゅく》させたまま卒業していった。

助けてやろうにも教師の手は届かない歯がゆさに、さんざん歯軋《はぎし》りさせたその馬鹿者が、卒業してから二年もたってから、コンクールに出たいとレッスンを頼みにきた。

（いまさら通用するかっ）とは思ったが、一度は見込んで弟子に取り、四年間も面倒を見てやったやつだ。つい情にほだされて承知してしまったところが……驚いた。三年前とは見違えるような食いつきぶりで、血反吐《ちへど》をはきかねない特訓続きになったレッスンに食らいついてくるじゃァないか。

俺はそれを、学生時代には劣等感しか生まなかったやつの強固な自意識が、社会経験に揉《も》まれ練られる中で、粘りの利く自負心に成熟したんだと見ていた。まあよく成長したもんだと。

ところが、やつめ……じつは自力半分、他力半分……やつの力を引き出した人間がいた。

俺のポン友・南郷忠太《なんごうちゅうた》の贔屓《ひいき》の弟子だったそうな、あの才気走ったつもりが笑わせる小生意気な若造だ。

結果から見れば、あいつとの出会いは守村にとってプラスになっていたわけだから、それをどうこういう気はないが……むしろ、やつとの出会いがなければ、守村はたぶん埋《うず》もれたままで終わっていたんだろうと思えば、礼の一つも言ってやりたくならないこともないが……

俺がそれを言うとしたら、あの四角四面のくそまじめな守村をホモなんぞに引っぱり込んだ責任を、やつがきっちり取ってみせてからの話だ。

忠太に言わせると『ロバ小僧』こと桐ノ院のバカ造は、いままでのところはまあまあの根性を見せている。自分の野心を臆面《おくめん》もなく実現していくやつの才能と手腕が、守村にいい意味での刺激を与えていることは認めよう。M響のステージに可愛い恋女房を引っぱり上げようという野望を、俺が言った「二年待て」という忠告は守って果たしたところも、悪くはない。

悪くはないが……おい、浮かれ亭主、その恋女房はこの三年ばかりでめきめき育って、おまえにうっちゃりをかませるぐらいの力はつけてるってことに、気づいてるか？

いやいや、気づいていちゃァ面白くない。まだ気づくなよ。いよいよ土俵に上がったところで、やっと気がついて、ほえ面をかけ。

おまえたちが《メン・コン》で競演したとき、俺は守村に言っておいた。「バイオリン・コンチェルトは、バイオリンが主役だ。忠太の弟子なんぞに食われるなよ」と。

あの俺の言葉を、守村は覚えているはずだ。だから必ず牙《きば》を剝《む》く。生島高嶺があのカーネギーでの《ツィガーヌ》で食らった挑戦を、こんどはバカ造、おまえが受けるというわけだ。

さてさて、守村がやつをどこまでたじたじとさせられるか。手並みを見ていてやろうじゃないか。越後の頑固者の本領を発揮してみせろ。

そんなことをつらつらと考えながら、健康のために階段で行くと決めている四階のレッスン室まで上がったところで、後ろから駆け上がってくる足音に気がついた。

踊り場をくるっとまわって姿を見せたのは、守村。

「あ、先生」

と足取りをゆるめ、手の中に握った番号札付きの鍵を見せてきながら言った。

「蘇畑《そばた》先生が休講だそうですので、一時間だけレッスン室をお借りします」

やる気満々だ。

「何番の部屋だ」

「あ、えと、四〇八です」

「五分だけ見てやる」

「えっ？　あの」

「もちろん、こっちが終わってからだ」

「は、はい、ありがとうございますっ」

守村は最敬礼に頭を下げてみせた。

昨夜、話をもらったばかりだと言っていたから、稽古はほとんど手がついていない状態だろうが、それでも「見てやる」と言われれば四の五の言わずに腹をくくる。

俺の躾《しつけ》の成果だと、正夫はひそかに悦に入った。

さて一時限目と二時限目のあいだの十分休憩を利用して、第三楽章だけ聴いてやった結果、（これならバカ造に一泡吹かせてやれる）と判断した。

もちろん現段階ではまったくの粗削りだが、日コンでやったときと比べて、解釈も表現も格段に深みを増している。また、（ここがミソだが）音にもフレージングにも明確な自己主張があらわれるようになった。

「エミリオのかばん持ちに行かせてやった成果が出てきたようだな」

と言ってやった。

「守村らしいシベリウスになりそうだ。この調子で進めなさい」

「はいっ！」

と張りきった守村に、正夫は腹の中で（やや悪魔チックな？）会心の笑みを浮かべていた。


最初、僕たちは共同で稽古を進める予定だった。

フジミの定演でやった《メン・コン》の反省から、圭と僕との合わせ練習をできるだけ多くやろうっていう話になってたんだ。

もちろん、バイオリンと違ってオケは持ち帰ってはこられないから、圭はピアノを使うわけだけど。

ところが僕らの練習は、初日から喧嘩別れで終わることになった。

まずぶつかったのは、テンポ決めの問題だった。

第一楽章の冒頭のアレグロ・モデラートは、（♩＝68）っていう楽譜の指示をメトロノームで取ることで解決したけど、第二楽章アタマのアダージョ・ディ・モルトは、シベリウスの指示だと（♪＝72〜80）。

「ねえ、圭。僕はここ、74ぐらいで行きたいんだけど」

「それは少し遅いでしょう」

「そんなことないよ。いいかい？　こう……って感じだから」

ソロの入りの八小節を、僕の行きたいテンポで弾いてみせて同意を求めたんだけど、圭はうなずかなかった。

「それでは少しもたつきます。このぐらいの速さで行きませんと」

圭はクラリネットで始まる前奏から僕の八小節目までをピアノでやってみせ、どうだという顔をしてみせたけど、

「速過ぎる」

と僕は思う。

「ほんの若干、心持ちってところじゃあるんだけどさ」

しかし圭は頑として譲らず、かといってこっちだって譲れない。

「じゃあ、ちょっと研究ってことで、三楽章から先に決めちゃおう」

「ええ、いいですよ」

ところが三楽章のアレグロは、もっと合わなかった。指示はこれまたあいまいな（♩＝108〜116）で、圭は速めにやりたがり、僕は108よりもう幾分遅めに始めたい。

そして圭は、僕の主張を、

「それは新潟のどか雪のイメージでしょう」

なんて言ってきた。

「フィンランドの雪はいわゆるパウダースノーですよ」

「わかってるよ、そんなことは」

いいかげんイライラしちゃってた僕は言い返した。

「雪に関しちゃ僕のほうがエキスパートなんだ。きみに教えてもらわなくたって雪質の違いぐらい想像できるし、だいたい新潟の雪のイメージなんかじゃやってない。田んぼに積もった雪と、あのフィンランドの森を埋める雪とじゃ、全然違うし」

「しかし、きみが言うテンポでは、水を含んだ重い雪の感じがします」

「そんなことないよ」

「あります」

「ないって！」

「いいですか、よく聴いてください。きみが言っているのはこのテンポで」

圭はピアノでやってみせ、僕は（うん、それだよ）と思った。ところが圭は引き続き、

「それに対し、僕の主張はこうしたテンポで」

と、僕の感覚では速すぎる彼流を弾いてみせ、

「やはりこちらです」

なんて手前味噌《みそ》を！

「違うよ、僕のテンポだ」

「ですからそれでは」

「きみのテンポじゃ馬がスキーを履いちゃうよ！」

「は？」

「僕の馬はスキー履いて滑るんじゃなくって、四本足で走るんだ。雪道をさ、ダッダガダッダガって。だろ⁉　違うかい⁉」

するとは圭は、

「いまのでわかりました」

なんてしたり顔をして、

「きみの頭にあるのは、高嶺がやった演奏なんですね」

「え？　そんなつもりはないよ。僕は僕で」

「いえ、明らかに影響を受けています」

「そうかい？　だったらだったでもいいけどさ、とにかくここのテンポは」

言いかけた僕に、圭は、フンッと鼻を鳴らして、

「僕は高嶺の亜流などまっぴらですよ」

その態度にムカッと来た。

「ああ、そう！　でもソリストは僕だ！　僕のやり方を尊重して欲しいね！」

怒鳴ってやったところが、圭いわく。

「これはコンチェルトです。オケはきみの伴奏役というわけではない」

「それはそうだけど、でも主役は僕だ！」

「もちろん。しかし僕らのコンチェルトを高嶺のセンスで運ぼうというのは」

「誰もそんなことしてないだろ⁉」

「やっていますよ」

「してない！」

僕らは不毛な水掛け論をそれから三十分ばかりもやり合い、

「だめだね、今夜はもうやめだ！」

「ええ、賛成です」

と物別れした。

「次はいつやる？」

「明日からスイスのツアーで、そのあとエルサレムですから」

「ええと、二週間後か、帰ってくるのは」

「はい」

「ま、気をつけて行っておいで。そのあいだに僕ももっと詰めとくから」

「高嶺の影響からはぜひ脱却しておいてください」

「きみこそ、その思い込みから抜けといて欲しいね！」


ところが二週間後の練習でも、僕らはまたまた喧嘩別れした。こんどはテンポだけじゃなく、フレージングでもだ。

「なんでこう、どっからどこまで合わないんだ!?」

かんしゃくを起こした僕に、圭もカッカ来てる顔でやり返してきた。

「きみが僕の提案にことごとく逆らうからですよ！」

「提案!?　ハンッ、きみのは自分流の押しつけじゃないか！」

「いけませんか!?　これが僕のやり方ですよ！　僕は指揮者ですから！」

「だったら僕はソリストだ！　きみは僕まで振る気でいるみたいだけど、そういうコンチェルトもありだろうけど、僕はい・や・だ！」

「そういう態度では合うものも合いませんよ！」

「だから、そっちが合わせて来いって言ってるのさ！」

「強情な！」

「ああ、そうさ！　なにせ越後の頑固者だからね！」

そして圭は、言ってはいけない口をすべらせた。

「きみもずいぶん偉くなったもんですねっ！　この僕に向かって!!」

その一瞬、僕の頭の中はビッグバンを起こし、それから冷えきった真空状態になった。

「あーそーかい、そういう意味で言ってたわけかい」

怒り、悔しさ、情けなさ……そんな爆発の残滓《ざんし》が、ひらり、ひらりと心をよぎっては、空っぽのそこを支配する虚《むな》しさに呑まれて消え去る。

圭は永久氷河の青い氷みたいに硬く冷たく押し黙っている。

図らずも落ちた沈黙が気まずい間《ま》となって、僕が出て行くしかない感じになり始めたころ。

「すみません、失言でした」

低く低く圭が言い、その心底から後悔しているらしい表情に嘘は見えなかったけれど。

「気にしないよ。たまたま本音が出ただけだ」

という僕の認識も正しいはずだ。

「そうではありません。そうではなく」

と言い差したまま、圭は先を続けられなかったのが、その証拠。

「今夜はここまでにしよう」

圭は僕を引き止められず、僕はその晩から客間に引っ越した。部屋には中から鍵をかけて。

もちろん《シベ・コン》を降りる気はなかった。

僕は、僕というバイオリニストの存在意義を認めているから。

誰に否定されようが、僕はバイオリンを弾く。


十二月十日（木曜日）オケ練だけのはずのAプログラム練習初日。

飯田は、出勤した練習場で守村の姿を見つけ、（あれ？）と思いながら近づいた。

「よう」

と声をかけた飯田を振り返り、

「おはようございます」

と愛想顔を作ってみせた守村の手には、スタンバイ済みらしいバイオリン。

「今日から入るんだっけ？」

「ええ、午前中だけ入れていただくことになりました」

「そんなに肩に力入れてると、M響なんてこんなもんかとがっかりするぞォ」

「まさか」

「いやいや、俺なんかが四番手に座ってて、末席には五十嵐《いがらし》なんかがいるんだからよ。しょせんはたいしたことねェオケだってことさ」

可哀想にガチガチらしい緊張をほぐしてやろうと思って、そんなことを言ってやったのだが、

「いえいえ、敵に不足なしです」

と返してこられて（ありゃ……）と思った。

「なんだよ、緊張して震えてんのかと思ったら、武者ぶるいかい？」

守村はこわばった顔で薄く笑ってみせて、その目をキッと細めた。

何かをにらむらしい視線を追って振り返ると、桐ノ院が入ってきていた。

「え？　夫婦喧嘩でもしてんの？」

という軽口は無視された。

さて、桐ノ院から午前中はコンチェルトの合わせ稽古をする旨の発表があり、守村が前に出て楽員たちにあいさつをし、音合わせとボーイングチェックをやって練習が始まったが……

最初の一時間で、飯田は一日分くたびれた。それもハラハラ疲れだ。

休憩に入ったとたん、五十嵐がそそそっと這《は》い寄るみたいにしてやって来て、ひそひそ言ってきたのは、

「なんか、めっちゃめちゃ険悪じゃないっすか？」

「おう、コブラとマングースだな」

桐ノ院コブラと守村マングース、どっちも相手を食おうと一歩も退《ひ》かず！

「何があったんっすかね」

「そりゃ、明後日《あさって》が本番だからさ」

「俺、ラブラブ期待してたのに」

「どっちかが折れりゃ、いやでもいちゃいちゃになるさ。コーヒーな、砂糖倍量で」

百円玉を渡して五十嵐を使いに走らせると、飯田は（やれやれ）とこわばった背筋をたたいた。

あンの野郎……守さんに攻め込まれてたじたじじゃねェか。しっかりしやがれ、馬鹿野郎。てめェは押しても引いても天下のM響の常任指揮者なんだぞ。

その日の午前中いっぱい、そして翌日の午後いっぱい。

桐ノ院と守村は、しだいに形を整えて美しく組み上げられていく《シベ・コン》とは裏腹に、決定打を打てないチャンピオンと疲れを知らない挑戦者というぐあいの死闘めいたバトルを繰り広げ続け、最終的に勝ったのは桐ノ院だったが、単なる体力勝ちだった。

決着をつけたのは、守村を襲った頑張り過ぎの脳貧血だったのだから。

どうにかバイオリンは壊さずにくたりと倒れ込んだ守村を、タクトはぶん投げて駆け寄った桐ノ院が目を血走らせた瀕死《ひんし》の形相で抱き上げ、「楽屋はどこだ！」とわめいたエピソードは、ポーカーフェイスで知られた天才・桐ノ院の一生の笑い話として、二人についてまわることになったが、（ま、本望だろ）と飯田は思う。

俺たちをダシにあんだけいちゃくら痴話喧嘩しやがったんだ、せいぜい笑わせろ。

ちなみに本番での演奏は、こっちが恥ずかしくなるほどラブラブもいいところの出来だった。雨降って地固まるというが、二人は水と泥として混じり合って、よくこねた粘土が美しい器になるように、あの二人にしか作り上げられない形をモノにしたとでも言ったところだろうか。

が……（あんだけ角突きまくりにやり合っちまっちゃァ、そう簡単にベッドの中で仲直りってわけにゃァいかねェんじゃねェか？）

下世話な男・飯田弘の好奇心もとい老婆心《ろうば》による献身的な観察の結果、かたくななまでに裏を読ませなかった殿下のポーカーフェイスに、ノロケ気分をうかがわせるほころびができ、同時にどことなくうらぶれていた背中に精気の張りが戻って（おいおい、やっとかよ）と胸をなでおろしたのは、なんと十二月のコンサートから四ヶ月も過ぎたころだった。

さっそく、

「よっ、やっとこさ春が来たって顔だな」

とからかってやったら、

「ええ、『サフラン』の桜が咲き始めましたね」

なんてトボケやがったんで、

「今年の十二月は何をやるんだい」

とかましてやったら、野郎、まったく懲りてねェって面ですらすらっと、

「《メン・コン》はどうかと思っています」

だと。

「やってろよ」

と呆《あき》れてやるほかはない。

こよなき日々

Precious Days

今日は二月にしては暖かい。もっとも僕はサンルームの中の陽だまりにいるので、外は寒いのかもしれないが。

音楽室の庭側にサンルームを増築するという圭のアイデアに、僕はずいぶん反対したものだけれど（あのころこの場所には、僕が丹精していたバラの花壇があったし、庭が狭くなるのもいやだったのだ）、いまはここがとても気に入っている。年寄りの日向《ひなた》ぼっこにはとてもいい。

……しかし、演奏旅行から帰ってみたら、ちゃっかりこれができているのを見たときには、本当に腹が立ったものだった。バラは一本残らずサンルームの前に移植してあったので、一割ばかりは許してやり、翌年ちゃんとつぼみをつけたのでもう二割ほど許してやったが、完全に許してやったのは、移植するために大幅に剪定《せんてい》された木がもとどおりに枝振りを回復させてからだったから……ああ、何年たっていたんだったかなァ。僕が圭に、じつはこのサンルームを気に入っていることを打ち明けてやったのは……どちらにしろ、もう三十年も前の話だ。

僕は守村悠季。今日で七十四歳になる元バイオリニストだ。三年ほど前に大病をしたせいで還暦のときに立てた『生涯現役』の誓いは守れなかったが、プロは引退したいまも趣味としては弾いている。フジミでは現役団員である。

ああ、圭が帰ってきたようだ。どれ、迎えに行こう。ええと、メガネは……ああ、あった。

だいぶ気が利くようになった宅島《たくしま》の手助けを受けて、寒さのせいで一段と調子が悪い左膝《ひざ》の痛みに顔をしかめながら車から降りると、僕はいつものように、なるべく大きな音がする仕方でドアを閉めた。悠季に僕の帰宅を知らせるためだ。

「それでは六時にお迎えにまいります」

と腰を折った秘書見習いの宅島賢介《けんすけ》は、長年世話になった宅島勇人《はやと》が五十で作った三男坊である。

「花束は奥のシートに置くように」

と言い置いて、押すとチリンチリンとベルが鳴る門を入った。

陽ざしは暖かいが、シベリア寒気団が吹きおろしてくる風は冷たく、今夜半から天気が崩れるという予報が当たれば、明日は雪になるかもしれない。

積もるほどに降ってくれるといいがと思いながら、玄関に向かって歩き出した。

常時ステッキの支えが必要な左膝は、雪など降ればなおさら痛むこと請け合いだが、悠季は故郷を懐かしめる雪景色を見たいだろうし、僕も眺めるのは好きだ。

ステップを上がりかけたところで、玄関のドアが開いた。

顔を出して「お帰り」と笑った悠季が、ぶるっと肩を震わせて言った。

「朝より冷えてきてたんだね。サンルームにいたから気がつかなかった」

今日は体調がよかったようで明るい顔色をしている悠季は、僕が好きなオフホワイトのアルパカセーターに着替えていた。ダークブラウンのコールテンパンツとの組み合わせが、若いころから変わっていないスリムな体型を引き立てている。

「今夜は雪になるかもしれません」

そう返しながら悠季が開けてくれているドアを入り、帽子を脱いで光一郎《こういちろう》氏の肖像に「ただいま帰りました」とあいさつした。

ドアを閉めて寒風を締め出した悠季が、帽子を受け取りながら「お帰り」とキスしてくれ、僕は悠季の腰を抱き寄せて「ただいま」とキスを返した。

もう何年も前からベッドの中では眠るだけの僕らだが、セクシャルな情感を楽しむ方法は実際の性行為だけではないことを、いまの僕らは知っている。こうして抱き合って唇を重ねるだけでも、僕の変わらぬ恋心が悠季の身内にしみ込み、悠季の尽きせぬ愛情が僕の深奥にしみ入るのが感じられて、満たされる。

体型だけでなく、悠季は顔だちもあまり変わらない。むろん肌は老けたしシワも深くなったが、加齢による頰や顎《あご》下のたるみといった老醜は免れて、いとも美しく老いを受け入れている。

僕も体型はキープしているが、祖父似の顔だちは歳を重ねるごとに祖父そっくりのきびしい表情を帯びてきて、ひどく気難しい年寄りに見えてしまうようだ。

悠季の手を借りてコートを脱ぎ、玄関を上がった。左手はつねにステッキでふさがっているので、日常のちょっとしたことが不便である。

音楽室を通り抜けてサンルームに行くと、なるほど春のような陽ざしが満ちて暖かかった。

「お茶？　コーヒー？　紅茶？」

入り口のところから悠季が聞いてきた。

「紅茶をください」

「どっち？」

というのは、アールグレイかダージリンかという銘柄の選択だ。

「織恵《おりえ》さんの手作りクッキーが届いてるんだ」

とは、茶菓子を茶の選択の参考にするならという心遣い。

「ダージリンにしましょう」

と答えて、僕の席に腰を下ろした。ウィーンで見つけて二十年ほど愛用しているアンティークの肘《ひじ》掛け椅子は、座るとかすかにきしむようになった。折を見て修理に出さないといけないが、僕の留守のあいだにしてもらうよう悠季に頼んでおこうと思って、つい言い忘れる。

台所に戻ったらやかんが沸いていたので、レンジの火を細めた。カルキが飛ぶように沸騰させておいて、ティーポットとカップの準備。クッキーはラッピングのまま持って行こう。プレゼント用の可愛らしい包装がしてあるから。

織恵さんというのは圭の妹の小夜子さんの孫娘で、この春、高校に上がる。お菓子作りが好きなおとなしいお嬢さんで、よくおすそ分けを持ってきてくれる。近ごろは腕も上がってきて、とくにクッキーはお得意だ。

ポットとカップとクッキーの包みを載せたお盆をサンルームに運んだ。

「お待たせ。クッキーはきみへのカード付きだよ」

「おやおや」

圭はリボンの下にはさんである小さな封筒を取り、中のカードを開けてみて、

「いえ、きみにですよ」

と言った。

「え？　あ、そう？」

「ハッピー・バースデイと」

「ありゃりゃ、じゃアもっとよくお礼を言うんだったな。てっきり、きみへの差し入れだと思ったもんだから」

そういうことなら、この包みは僕が開けなきゃ。

ほどくのが惜しいように綺麗《きれい》に結んであるリボンをほどき始めた。

「彼女がなついているのはきみにです。桐院《とうのいん》の人間はみなきみに惹《ひ》かれるようだ」

「長男くんには嫌われてるぞ？」

「あれはポーズです」

「そうかなァ、子どものころからだぞ？　まあ、いいけどね。僕は彼が好きだから」

「そのようですね」

「だって、きみの高校時代を見てるみたいなんだもの」

「彼は僕には似ていませんよ」

「そんなことないよ。顔だちはお父さんの血のほうが濃いけど、ときどきそっくりだよ。ちょっとしたしぐさとか表情とかがさ」

「浮気はしないでください」

と言われて、プッと吹き出した。

「この歳でそれはないって。それとも孫を見てる感覚で愛情を寄せちゃうのも、きみの定義では『浮気』？」

「検討しておきます」

圭は気取った顔で答え、僕はまた笑ってしまった。

「はいはい、よろしくね。おや、新作のクッキーだよ。四色柄だ」

それと、ナッツを乗せた一口サイズのハート形。

「ああ、これ、きみのお気に入り。カシューナッツと、こっちはクルミだ」

「いただきます」

「ん、どうぞ」

クッキーをつまみながら、温かい紅茶をすする。口の中でバターの香りと紅茶の渋みが混じり合い、いとも芳醇《ほうじゅん》な味わいになる。

至福のティータイム……満たされた沈黙……やさしく流れる幸福な時間……

「ところで今年は金婚ですが」

チェス盤模様の四色クッキーをつまみ上げながら、圭がゆっくりと口をひらき、

「ああ、うん。五十年目だね」

と僕はうなずいた。

「もうそんなにたつんだよねェ……僕らが結婚式をやってから」

「真夏ですので、記念行事は避暑をかねた旅行というのはどうかと思っているのですが」

「ああ、いいねェ……。でもきみは、旅なんて飽きてるだろう？　今年だって演奏旅行でヨーロッパやアメリカに」

「きみが一緒ではない旅には飽き飽きしていますが、きみと一緒ならば、百日間の旅も幸せな時間の連続でしょう」

「百日間？」

　と聞き返した。

「まさか世界一周クルーズでもやるつもり？」

「船旅というのはまだ経験していませんし、きみの体のことを考えると、医者や看護師も同乗する豪華客船での旅は、ベストのチョイスであろうと思います」

「でもきみ、三ヶ月なんてオフ」

「今後は毎年、その程度のバカンスは確保しようと思っているのですよ」

「膝のぐあいがよくないのかい？」

「後進に道を譲るという意味でも、仕事はさらに厳選しようと思いますし」

「まあ、きみもそろそろのんびりしてもいいんじゃないかと、思わないこともないけどね」

　海での船旅かァ……バイオリンは湿気そうだなァ……おまけに潮風だ。

「気が進みませんか？」

　と聞いてこられて、

「バイオリンは持っていけなそうだなと思ってただけ」

　と答えた。

「湿った潮風にさらしたりしたら、どんなひどいことになるか」

「船内では空調が完備していますから、心配はいらないでしょう。室内規模ですがオケも同行

しますし」

「オーケストラが？　専属で乗り込むのかい？」

「それなりのメンバーを乗せるように注文してありますので、室内楽やコンチェルトの演奏を楽しんでいただけます」

「まさか、僕の暇つぶしの相手をさせるために、わざわざ乗せるんじゃないよね？」

三年前の長期入院のとき、僕のために週に二回ずつ、M響からの慰問演奏チームを派遣してきた男である。金婚式の記念旅行となったら、そのくらいのことはやりかねない。

そして圭の返事は、

「きみがバイオリンを持参されるごとく、僕はオーケストラ持参で行くだけです」

「うっそ……本気かい!?」

「残念なのは、フジミの諸君の参加は多くはなさそうだということで」

「そりゃそうだろ!?　っていうか、『多くはなさそう』ってことは何人かはいるわけ!?」

「募集をかけるのはいまからですが、五十嵐くんはまず確実でしょう」

(そりゃ行くっすよ) と俺は思った。

「ちょっと待てよ、それってなんて言って募集する気だい？」

眉《まゆ》をひそめて守村さんは聞き、桐ノ院さんはポーカーフェイスで答えた。

「もちろん、僕らの金婚記念クルーズに同行する楽員を求む、と」

「それじゃ僕たちのことがフジミの人たちにバレちゃうじゃないか！」

「もう時効です」

桐ノ院さんはあっさり言って、

「そろそろ出かける支度をしませんと」

と続けた。

「宅島に六時に迎えに来るように言ってあります」

「あ、そうだった。いま何時？」

「五時半です」

「もうそんな時間!?　ごめん、着替えてくるから！　ここの片づけは帰ってからするから」

「急がないでいいですよ。主賓のきみが席につかない限り、幕は上げませんので。あわてて階段を踏み外したりしないように」

急ぎ足でサンルームを出て行こうとしていた守村さんが振り向いた。

「幕、って……？　ディナーに行くんじゃなかったっけ？」

「予定を変更した旨、お伝えしませんでしたか？」

桐ノ院さんは首をかしげ、ハッと何かを思い出した。

「そういえば招待状を渡しそこなった気が……」

もごもごつぶやきながら燕尾服《えんびふく》の内ポケットに手を入れて、白地に金線が入った洋封筒を取り出した。

「やれやれ、まだ僕が持っていました。すみません、近ごろときどき物忘れをします」

差し出された封筒を受け取り、中身のカードをひらいて、守村さんは目を丸くした。

「きみの新作オペラの初公演!? ワアオ、新作なんて十年ぶりじゃないか!」

「グランド・オペラではなく、オペレッタなのですが。いちおう自信作です。きみという奇跡が地上に降臨した記念日である、このこよなき祝日の捧《ささ》げ物にするために書いた作品でして。

白状しますと、主役の人選にたいへん難航しまして、一度は本日の初演をあきらめかけたのですが、間に合ってよかった」

そして桐ノ院さんは立ち上がり、杖《つえ》を支えにテーブルから離れて、折りたくても曲がらない左膝の故障がなければ、ひざまずいて捧げたのだろうセリフを、次善の策の優雅で丁重な会釈添えで言った。

「きみに楽しんでいただくために書いた作品です。出演するのは、僕のオーディションをくぐり抜けた在野のセミプロ歌手たち。演奏は富士見二丁目交響楽団有志。指揮は、不肖・桐ノ院圭です。どうかご観覧の栄に浴させてください」

「そんなの……もちろん観たいに決まってるだろ!?」

守村さんは感激に声を詰まらせながらそう叫び、「ああっ、愛してるよ、圭!」とか言いつつ桐ノ院さんに抱きついて、二人は入れ歯も熔《と》けそうな熱く激しいキスを……

（なんちゃって）

と俺は空想を終わらせた。

「ちょっと五十嵐くん、さっきからなあに？　静かだと思えば独りでニヤニヤしてて、怪しいわよ」

春山先輩としゃべってた奈津子《なつこ》先輩が、こっちを振り向いて顔をしかめ、俺は「へへへ」と頭を掻《か》いた。

「考え出したら、ついハマっちゃって」

「美幸《みゆき》ちゃんとの結婚式でも妄想してたの？」

「やっ、違うっすよ！」

俺はびっくり仰天して叫び、奈津子先輩は春山先輩に向き直って肩をすくめた。

「進展してないみたいよ？」

「たま〜にデートはしてるみたいなんですけどね〜ェ、この子たち〜」

春山さんが親みたいなことを言い、奈津子先輩がまたこっちを向いて、俺は内心身構えた。

たしかに春山さんの妹の美幸ちゃんとつき合っちゃいるけど、二人とも気分は友達感覚で、デートなんて仲じゃない。でもそれを言ったら、このフジミのお姉さま方は「甲斐性《かいしょう》がない」とかなんとか、さんざんからかってくるに違いないんだ。

「んで？　じゃあ何を考えてたわけ？」

と話が逸れてくれて、ホッとした。テーブルの向こう端にいるお二人さんに聞こえないように、声を落として言った。

「今日の富田《とみた》さんたちの金婚パーティーから連想して、あっちのお二人さんの五十年後を想像してみてたんっす」

エピソードの一部は、富田さんたちの思い出話をアレンジしてみたっす。

「ふうん」

奈津子先輩は自分も考えてみようとするらしい顔になり、春山先輩が言った。

「そんなの～、守村さんがハゲたって、桐ノ院さんがおなか出ちゃったって～、アツアツのまんまに決まってますよ～」

思わずプッと吹き出した。俺はそこは考えないようにしたのに！　女の人の想像ってシビアだ。

「守村さんたちの金婚式っていったら、どっちも七十三ぐらい？　富田さんたちと同年代になったお二人さん……う～ん、ちょっと私には想像つかないわ」

「守村さんはハゲぐあいが可愛いおじいちゃまで～、桐ノ院さんはカッコいいロマンスグレーですよ～」

「守村先輩はハゲるって決め込んでるっすね」

ププッと笑いながら突っ込んだ俺に、春山先輩いわく、

「だ〜って〜、あ〜んな苦労性の人が桐ノ院さんみたいな人と五十年も一緒にいたら〜、ぜ〜ったいハゲちゃうと思いませ〜ん⁉」

「しっ、春山ちゃん、あっちに聞こえるっ」

奈津子先輩が笑い出しながら注意したけど、守村先輩が感づいた。

「え？　僕がどうかした？」

フジミ仲間の富田夫妻の金婚式だっていうんで、みんなでお祝いに行ってきた流れの、『モーツァルト』でのコーヒー二次会。十人ばかりの古株メンバーで、四人席を寄せ合わせたテーブルを囲んでいる。

「守村さんは、五十年後にはきっとハゲおじいちゃんになってる、って話よ」

奈津子先輩がすっぱ抜き、守村先輩は苦笑いしながら頭に手をやった。

「可能性はあるんだからやめてくださいよ」

「あ、お父さん、そっち系っすか？」

と突っ込んだら、桐ノ院さんににらまれた。

「親父はハゲる前に亡くなったけど、じいちゃんが河童《かっぱ》ハゲだったんだよねェ」

守村先輩はそう顔をしかめ、俺はパッと想像して、

「いまはア○ランスがあるっすよ」

となぐさめた。

「五十嵐はどうなんだよ」

という切り返しがやって来た。

「五十年後っていったら、五十嵐だって」

「うへっ、そういや俺も七十じいさんっすよね」

言いながら何気なく奈津子先輩たちを見やったら、

「やめて！　私の老後は想像禁止！」

と叫ばれた。

ドッとみんなが笑い、俺も笑っちゃいながら、相変わらずお神酒《みき》徳利みたいに仲良く並んで座ってる守村先輩たちが、五十年後にも二人であの席にいる風景を思い浮かべて、ほんわり胸があったかくなった。

「きっとこういうのが、年取ってからのいい思い出になるんですよね〜」

春山先輩がしんみり微笑みながらつぶやき、

「守村さ〜ん、桐ノ院さ〜ん！」

と呼んで、言った。

「お二人のコンビ結成五十周年のお祝いには、ぜったい呼んでくださいね〜」

よっ、春山先輩うまいっ！　と思ったところへ、

「ンなの、俺たち生きてねェじゃねェかよ。十周年でやれ、十周年で」

と市山イッちゃんが修正動議を出し、

「そうだっ」

と長谷川《はせがわ》トンちゃんが拍手した。

「それもけっこうですが、フジミ結成の周年行事というのはしないのですか？」

桐ノ院さんがそんなことを言い出して、そういえば今年で何年だ？　といったほうへ話は流れて行き、二十周年はもう過ぎてたことが判明。だよなあ、俺ももう五十八だよ、なんて話がにぎわって、その場はそのまんまになってしまったけれど。

きっと二十五周年でやることになるな、と俺は思った。でもって俺には間違いなく、幹事がまわってくるんだ。

それにしても、フジミって二十年もの歴史があったんだなァ……石田ニコちゃんたちは、俺が赤ん坊のころから『富士見市民交響楽団』をやってたんだ。それって、すげェよなァ……

俺はあらためて、フジミを支え続けてきたおっさんたちに尊敬の念を捧げた。

皆さん、どうかいつまでも元気な現役でいてください。

あとがき

こんにちは、秋月です。

富士見二丁目交響楽団シリーズがルビー文庫に収録いただくようになってから、まる十年。

「十周年記念として特別企画をやりましょう」

というありがたいお話をいただいて、まず実現したのが、後藤星さん作画によるマンガ版『寒冷前線コンダクター』でした。

秋月のほうには、書き下ろしの外伝集をというご注文だったので、どの時点での誰の話にするか（なんせ十年以上も書いてきて、たいそう長い話になってますので）、半年ほどじっくり練らせていただき、結果としては「寒冷前線の裏話はどうですか」という担当さんの当初のお勧めに乗ることになりました。かねてより読者の皆様からのご要望もいただいてましたしね。

それがメイン作品の『天国の門』です。

桐ノ院の視点から、あの『寒冷前線コンダクター』事件を描いてみたわけですが、書き上げてみて思うのは、これはいまじゃなきゃ書けない作品だったな、ということ。桐ノ院圭という青年について、あれこれ考えまた描いてきた、十年間のつき合いという積み重ねがあってこそ、この作品に至れたのだと思います。

だって彼って、初期のころには私にとっても謎の男だったんですから。

『雪嵐』は、本編として進行中の物語よりちょっと先の二人を書いてみた作品です。悠季はイタリア留学から帰国して母校のバイオリン科講師に就任。圭はM響の押しも押されもせぬ常任指揮者として、競演するソリストを選べる立場になっていて……という時点での、ある十二月の話。

そして『こよなき日々』は、こういうチャンスじゃなきゃやれない暴挙！　ボーイズフブの限界に挑戦するシルバージュネの世界！　プククッと笑っていただけたならさいわいです。

以前にもどこかで書きましたが、フジミはあらゆる面で恵まれた、ほんとうに幸せな作品です。こんなに長く書き続けることができたのは、好き放題にやらせてくださったJUNE編集部およびルビー文庫さんの寛容さのおかげですし、献身的な後方支援を続けてくださっているブレーンFさんをはじめとする縁の下の皆さんのおかげ。そして何よりも、この作品を愛してくださる読者の皆様方のおかげです。この場をお借りして、心より深く深く御礼申し上げます。

そしてこれからも、どうぞフジミをよろしく。

なんのかんのラッキーな作家・秋月こおがつかんだ最大の幸運は、十年以上も書いてきたのに書き飽きないフジミという作品に恵まれたことだと、これまた心から感謝しています。

そういうわけで、フジミはまだ続きます。なにとぞおつき合いくださいませ。

二〇〇五年二月

秋月こお

クラシカル・ロンド
富士見二丁目交響楽団シリーズ

発行日　平成17年3月30日　初版発行
　　　　平成17年4月21日　2版発行

著者　秋月《あきづき》こお

発行者　田口恵司

発行所　株式会社　角川書店

〒102-8177 東京都千代田区富士見2-13-3
電話［営業］03-3238-8521［編集］03-3238-8697　振替 00130-9-195208

印刷所　旭印刷 株式会社

製本所　株式会社　鈴木製本所

　ISBN4-04-873604-3 C0093